바다를 말하는 하얀 고래

바다를 말하는 하얀 고래

Historia de una ballena blanca

루이스 세풀베다 지음
마르타 R. 구스템스 그림
엄지영 옮김

HISTORIA DE UNA BALLENA BLANCA
by LUIS SEPÚLVEDA

이 책은 실로 꿰매어 제본하는 정통적인 사철 방식으로 만들어졌습니다.
사철 방식으로 제본된 책은 오랫동안 보관해도 손상되지 않습니다.

그래서 고래는 춤추듯 흔들리는 물결 사이에서
신을 엿보기 위해
물 위로 나갔다.
그러자 고래의 눈에 신이 보였다.

— 오메로 아리드히스,[1] 「고래의 눈」

고래의 눈은 인간들에게서 본 것을 멀리서도 포착한다. 고래의 눈은 우리 인간이 알아서는 안 되는 비밀을 간직하고 있다.

— 대플리니우스,[2] 『박물지』

1 Homero Aridjis(1940~). 멕시코의 시인이자 소설가, 환경 운동가로 풍부한 상상력과 서정적 아름다움이 돋보이는 작품을 쓴다. 이하 모든 주는 옮긴이의 주이다.

2 Gaius Plinius Secundus(23~79). 고대 로마 시대의 박물학자이자 정치인으로, 관찰을 통해 자연 세계를 연구한 『박물지*Naturalis Historia*』를 남겼다.

차례

1
바다의 옛날 언어

2014년 남반구의 어느 여름날, 고래 한 마리가 칠레 푸에르토몬트[3] 부근의 한 자갈 해변으로 떠밀려 올라와 있었다. 길이가 15미터가량 되고 신기한 잿빛을 띤 향유고래였다. 하지만 그 고래는 해변에 널브러진 채 꼼짝도 하지 않았다.

그 광경을 본 어떤 어부들은 길 잃은 고래일지 모른다는 의견을 내놓은 반면, 다른 이들은 사람들이 무심코 바다에 내버린 쓰레기로 인해 중독되었을 것이라고 했다. 주변에 있던 모든 이들은 무거운 침묵으로 세계 남쪽의 잿빛 하늘 아래 드러누운 거대한 해양 동물의 명복을 빌었다.

고래는 간조 때의 잔잔한 물결에 흐느적흐느적 흔들

3 칠레 남부 로스라고스에 위치한 항구 도시.

리고 있었다. 거의 두 시간이 다 되어 갈 무렵, 배 한 척이 다가오더니 고래를 자세히 살펴보기 시작했다. 그러곤 몇 사람이 배에서 뛰어내려 들고 있던 굵은 밧줄로 고래의 꼬리지느러미, 혹은 꼬리를 묶었다. 잠시 후, 배는 더 이상 숨을 쉬지 않는 바다 거인의 몸을 끌고 느릿느릿하게 남쪽으로 향했다.

「저 고래를 어떻게 하려는 거죠?」 양털 모자를 손에 꼭 쥔 채 서서히 멀어져 가는 배를 바라보고 있던 어부에게 내가 물었다.

「마지막 가는 길을 배웅하려는 거지요. 일단 저 만(灣)의 남쪽 출구를 지나 넓은 바다에 이르면, 고래의 몸이 다시 뜨지 않도록 배를 갈라 속을 다 비울 겁니다. 그러고 나면 대양의 차가운 어둠 속으로 천천히 가라앉겠죠.」 어부가 나직한 목소리로 말했다.

배와 고래가 바다 위에 점점이 흩어져 있는 섬들 사이로 사라지자, 해변에 모여 있던 사람들은 뿔뿔이 흩어졌다. 하지만 한 아이는 자리를 떠나지 않은 채 바다를 뚫어지게 바라보고 있었다.

나는 그 아이에게 천천히 다가갔다. 저 먼 수평선을 하염없이 바라보고 있던 아이의 검은 눈동자에서 두 줄

기 눈물이 주르륵 흘러내렸다.

「나도 마음이 아프구나. 넌 여기 사니?」 나는 인사를 겸해서 아이에게 물었다.

하지만 아이는 대답하기에 앞서 자갈밭 해변에 앉았다. 나도 그 아이를 따라 옆에 앉았다.

「네, 맞아요. 나는 라프켄체[4]니까요. 혹시 그게 무슨 뜻인지 아세요?」 아이가 물었다.

「〈바다의 사람들〉이라는 뜻이지.」 내가 대답했다.

「그런데 아저씨는 왜 슬퍼하는 거예요?」 아이가 궁금한지 물었다.

「고래 때문에. 저 고래는 어떻게 될까?」

「아저씨 눈에는 그냥 죽은 고래로 보이겠지만, 나한테는 그 이상이에요. 그러니까 아저씨의 슬픔과 나의 슬픔은 똑같지 않아요.」

파도가 밀려오고 밀려가는 가운데 우리는 한동안 말없이 가만히 앉아 있었다. 마침내 그 아이는 자기 손보

4 Lafkenche. 칠레 중남부 및 아르헨티나 남서부에 사는 선주민 부족 마푸체Mapuche(〈대지〉를 의미하는 mapu와 〈사람들〉을 뜻하는 che가 합해진 말로, 번역하자면 〈대지의 사람들〉)의 일부이다. 이들은 칠레 중부의 카녜테부터 톨텐강에 이르는 해변 지역에서 해산물과 해조류를 채취하면서 살고 있다.

다 더 큰 무언가를 내게 건네주었다.

그것은 금조개[5]였다. 껍질은 울퉁불퉁해서 마치 돌멩이처럼 보였지만, 안은 진주처럼 하얀 빛깔을 띠고 있었다.

「그걸 귀에 대고 있으면 고래가 말을 해줄 거예요.」 라프켄체 아이는 그 말을 남기고 어두운 빛깔의 자갈 해변을 따라 잰걸음으로 떠나 버렸다.

나는 아이의 말대로 해보았다. 세계 남쪽의 잿빛 하늘 아래에서 어떤 목소리가 바다의 옛날 언어로 내게 말을 건넸다.

5 전복 껍데기를 말한다.

2

고래의 기억이 인간에 관하여 말하다

인간은 나의 덩치를 보고 언제나 두려움을 느꼈다. 그리고 나를 차지할 수 없다는 생각으로 인해 막연한 불안감에 사로잡히기도 했다. 저렇게 커다란 동물을 무엇에다 쓸까? 태초부터 인간은 그게 궁금했던 모양이다. 나는 인간이 처음 바다로 다가왔을 때부터 쭉 그를 관찰해 왔다. 그 결과 인간의 몸은 깊은 바다 밑을 알기에 적합하지 않지만 물에 뜨는 것을 이용해 거세게 몰아치는 파도와 싸울 수 있다는 사실을 알아냈다.

그렇게 해서 나는 인간이 약한 널빤지 네 개를 엉성하게 엮어 만든 것을 타고 어떻게 물 위에서 움직이는지 보았다. 우리 둘은 적당한 거리를 두고 서로를 쳐다보았다. 인간은 미심쩍은 눈초리로, 반면 나는 그의 끈기에 놀라면서도 호기심 어린 눈빛으로 말이다. 인간들

이 그리 깊지도 않은 바다로 뛰어들었을 때, 암초는커녕 뾰족한 산호초의 충격조차 견디지 못할 만큼 허술한 배를 타고 거친 파도에 맞서려고 하는 그들의 용기와 불굴의 의지를 보면서 감탄을 금할 수 없었다.

〈곧 배우겠지.〉 저 먼 수평선과의 대결이 두려워 잠시도 해안에서 눈을 떼지 못하는 집요하고 끈질긴 인간의 모습을 보면서 나는 혼잣말로 중얼거렸다.

인간은 곧 바다에서 움직이는 법을 익혔다. 달빛 고래인 내가 다른 고래로부터 — 그 고래는 또 다른 고래로부터 — 조수와 해류의 비밀을 귀띔받았던 것처럼, 인간도 자신이 터득한 지식을 널리 알림으로써 바다로 나오는 이들이 늘어나기 시작했다. 그들은 더 큰 배를 만들었을 뿐 아니라, 돛이라고 하는 가벼운 천으로 바람을 모으는 기술을 터득했다. 머지않아 인간은 자기에게 방향을 일러 주는 하늘과 별을 발견하게 되었다. 그러고 나자 그들은 과감히 어둠을 가르고 망망대해로 나아가기 시작했고 더 이상 수평선을 무서워하지도 않았다.

우리는 가끔 끝없이 펼쳐진 고독한 바다에서 마주쳤다. 나, 달빛 고래가 숨을 내쉬기 위해 수면 위로 올라가

면, 뱃전에 기대고 선 인간들의 모습이 언뜻 보이기도 했다. 그럴 때면 그들은 손가락으로 나를 가리키며 〈저기 하얀 고래가 나타났다!〉 하고 외치곤 했다. 그들의 눈빛에서 위협이 아니라, 놀라움과 감탄이 느껴졌다.

나는 인간들의 배에 절대 가까이 다가가지 않았다. 그들의 용기를 존중했고, 그들 또한 바다에서 사는 존재들이라고 생각했기 때문이다.

그렇게 세월은 지나갔고, 바람과 해류를 따라 몰려오는 추위, 또는 더위와 더불어 시간은 돌고 돌았다. 태어나서 생을 마칠 때까지 인간들은 자신의 불확실한 운명을 헤쳐 나가려고 애를 썼고, 고래들은 짠맛이 나는 자신의 세상을 가르며 어디론가 나아갔다.

3

고래가 자신의 세계에 관하여 말하다

나, 달빛 고래는 바다에서 산다. 내가 사는 곳은 하루 해가 떠오르는 육지와, 별들에게 자리를 물려주기 위해 해가 잠기는 수평선으로 둘러싸여 있다. 온 세상이 하얀 저 먼 곳에서 얼음장 같은 해류가 흘러와 물이 굉장히 차갑다. 그리고 바다는 밤이 길어지면 커지고, 낮이 끝나지 않을 듯 보이면 작아지는 소금 빛깔의 거대한 암석으로 변한다.

내가 사는 바다와 경계를 맞대고 있는 육지에는 인간들이 거의 없다. 대신 해변 가까이까지 울창한 숲이 들어서 있다. 나는 바다를 헤엄쳐 가다가 다른 종들이 이르지 못할 정도로 깊은 곳까지 내려가곤 한다. 커다란 허파를 가진 덕분에 나는 숨 쉬러 올라가지 않고도 오랜 시간 동안 물속에 머물 수 있다. 바닷속 깊은 곳에 있

다가 물 위로 올라오면 등에 난 구멍을 통해 숨을 내뿜고, 다시 허파에 공기를 가득 채운 뒤 아래로 내려간다.

나는 어두컴컴한 바다 밑을 돌아다니다 크고 넓적한 머리에서 딸깍거리는 소리를 내는데, 앞에 장애물이 있으면 메아리처럼 반사되어 오는 소리를 듣게 된다. 그 소리가 얼마나 강한지, 내가 가장 좋아하는 먹이인 오징어의 정신을 잃게 만들 정도다. 수면 바로 아래로 이동할 때면, 나의 한 눈은 해안의 요모조모를 자세하게 살펴보고 다른 눈은 수평선을 주시한다.

더 차가운 물에 가까이 갈수록, 육지는 섬으로 갈라지기 마련이다. 그리고 섬들 사이로 어둠이 짙게 깔린 수로가 이어져 있고, 깎아지른 듯 치솟은 절벽이 피오르 해안을 이루고 있다. 그곳은 바다가 고요해서 암컷들에게 구애하고 짝짓기하기에 안성맞춤이다.

나, 달빛 고래로 말하면 피오르 해안과 섬 앞바다 태생의 향유고래종 수컷이다. 불가사의한 시간 속의 분명치 않은 어느 순간, 다른 수컷 달빛 향유고래들은 짝짓기 의식을 치르기 위해 바다 밑 깊은 곳에서 위로 올라갔다. 수면 위로 힘차게 솟구쳐 오른 그들은 공중에 뜬 뒤, 등으로 떨어지면서 거대한 물보라를 일으켰다. 그

러곤 꼬리지느러미로 물살을 헤치며 해저에 거의 닿을 때까지 내려갔다가 다시 빠르게 위로 솟구쳐 올랐다. 수컷 무리들은 하늘 높이 솟구쳐 오르면서 자신의 힘과 민첩성을 암컷들에게 과시했다. 그 광경을 보고 흥분한 암컷 고래들은 그들과 짝짓기를 하고 한참 후 새끼를 낳았다. 나, 달빛 향유고래는 그렇게 모차섬[6]을 둘러싼 차가운 물속에서 태어났고, 모든 수컷 고래들의 힘과 활기를 물려받았다. 나는 진하고 걸쭉한 엄마의 젖을 먹으면서 대양에서 가장 커다란 존재가 되어 완전히 혼자 살 수 있을 때까지 엄마와 모든 수컷 고래의 보호를 받고 자라났다.

내 세계는 침묵과 정적으로 둘러싸여 있다. 바다 밑에서는 그 어떤 존재도 불평하거나 소리를 지르지도, 투덜거리거나 악을 쓰지도 않는다. 몸집이 가장 큰 존재들만이 가끔 바다 밑의 정적을 깨뜨린다. 향유고래종에 속하는 나는 딸깍거리는 소리를 내고, 대왕고래[7]와

6 칠레 서쪽 태평양에 위치한 섬. 마푸체 부족 신화에 따르면, 죽은 이들의 영혼은 이 섬을 찾아간다고 한다.

7 수염고랫과에 속하며 몸길이는 약 25~27미터로 동물 중 가장 크다. 흰긴수염고래, 흰수염고래, 혹은 청고래라고도 한다.

참거두고래[8]는 한밤의 적막을 달래 주는 일련의 화음 창법[9] 노랫소리를 통해 길을 찾아간다. 그리고 몸놀림이 빠른 돌고래들은 무리 지어 먼 여행을 떠나기 위해 휘파람 소리로 모이라는 신호를 보낸다. 하지만 바다 밑 깊은 곳에서는 아무 소리도 들리지 않는다. 반면 수면 가까운 곳에서는 바람 소리, 철썩거리는 파도 소리, 갈매기와 가마우지 울음소리가 쉴 새 없이 날 뿐 아니라, 바다에 살기에 그다지 적합하지 않은 존재, 즉 인간의 목소리도 가끔 들린다.

8 참돌고랫과에 속하지만 대형 고래에 더 가까운 행동 양식을 지니고 있다. 몸길이는 3~7미터로 비교적 자그맣다. 긴지느러미들쇠고래라고도 한다.

9 노래 부르는 사람이 후두와 인두 등 성도(聲道)에서 만들어지는 공명을 조절해 노래 기본음의 배음(倍音)을 만들어 내는 창법으로, 배음 창법이라고도 한다.

4

고래가 인간들한테서 배운 것에 관하여 말하다

언젠가 해안으로부터 멀리 떨어진 망망대해에서 커다란 배 한 척이 지나가는 것을 본 적이 있다. 하늘을 향해 치솟은 세 개의 돛대에 바람을 받아 한껏 부풀어 오른 돛이 매달린 아름다운 배였다. 그 배는 파도를 가르며 순조롭게 항해하고 있었고, 갑판 위에는 선원들이 항로를 유지하기 위해 분주하게 움직였다.

나는 물속으로 들어가 앞으로 나아간 뒤, 배 부근에 이르러 다시 밖으로 나왔다. 그러곤 선원들을 따라가기 위해 바람을 등지고 헤엄쳐 나갔다. 그들은 내 모습을 보자 놀라움을 감추지 못하고 환호성을 질렀다. 〈하얀 고래다!〉 하지만 그때 어디선가 날카로운 호루라기 소리가 났고, 그러자 뱃전에 모여 있던 선원들은 제자리로 돌아가 하던 일을 계속했다.

인간들이 모는 배 가까이에 다가간 것은 그때가 처음도 아니었을뿐더러, 그들이 나를 향해 감탄과 놀람의 함성을 지를 때마다 괜히 기분이 으쓱해지곤 했다. 나는 다시 공중으로 솟구쳐 오르면서 그들에게 인사를 하고, 꼬리지느러미로 수면을 치면서 물속에 들어가기로 마음먹었다. 그런데 저 배에 타고 있는 이들의 반응이 왠지 낯설게 느껴졌다. 어쩌면 저들은 바다에서 고래를 여러 차례 봤기 때문에 그런지 모른다는 생각이 들기도 했다. 나는 따뜻한 바다를 향해, 아니면 차가운 바다를 향해 나아가는 그들의 배를 봐도 전혀 이상하지 않았다. 내가 사는 바다는 육지가 끝나는 곳에서 시작되고, 또 다른 바다로 이어져 있으니까 말이다. 하지만 사납게 몰아치는 파도는 그 어떤 힘으로도 당해 낼 수 없을 뿐만 아니라, 산호초에 걸려 몸이 갈기갈기 찢겨 버릴 위험이 크기 때문에 나는 저 먼바다로 가본 적도 없었고 가지도 않을 것이다. 인간들은 여러 바다를 하나로 이어 주는 그곳을 오르노스곶[10]이라고 부르는데, 그 이름만 들어도 벌벌 떤다.

10 남아메리카 대륙 최남단의 티에라델푸에고 제도에 있는 곶(串)으로 혼곶이라고도 한다.

선원들은 더 이상 나를 거들떠보지 않았지만 나는 배를 조금 더 따라가 보기로 했다. 네 번째로 물 밖에 떠오른 순간, 같은 방향으로 가고 있는 또 다른 배가 눈에 띄었다.

조금 전에 본 것처럼 크고 웅장한 배였다. 그런데 돛에 바람을 잔뜩 실은 배는 빠르게 물살을 헤쳐 나가더니 얼마 지나지 않아 첫 번째 배를 따라잡았다. 인간들이 바다에서 만나면 어떻게 하는지 궁금해졌다. 짝짓기하기 위해서든, 새끼를 낳는 암컷이나 갓 태어난 새끼를 보살피기 위해서든 우리 고래들은 한데 모이면 원을 그리며 움직이다가 공중으로 솟구쳐 올라 등으로 떨어지기도 하고, 꼬리지느러미를 휘저으며 수면 가까이에서 헤엄쳐 나아가기도 한다. 우리는 우렁찬 소리와 함께 허파의 공기를 뿜어내면서 빙글빙글 돌기도 하고, 노래를 부르고 휘파람 소리나 딸깍거리는 소리를 내면서 만남의 기쁨을 표현한다. 그렇다면 인간들은 만남의 기쁨을 어떤 식으로 표현할까?

속력이 더 빠른 배가 마침내 첫 번째 배 가까이에 이르렀고 바로 그 순간, 폭풍우 치는 날 먹구름 속에서 우르릉 울리는 소리처럼 귀를 찢을 듯이 요란한 소리가

들렸다. 대기를 가르고 바위나 파도에 내리치는 천둥 번개 소리보다 더 무서웠다. 그것은 평소 인간들이 나누던 어떤 기쁨도 느껴지지 않는 이상한 인사였다.

두 선박의 옆면에는 소름 끼치는 소리를 내며 불을 뿜어 대는 검은 구멍이 몇 개 나 있었다. 잠시 후, 첫 번째 배에 불이 붙기 시작하면서 시뻘건 불덩어리들이 높이 치솟아 오르더니 바다로 떨어졌다. 그리고 인간들이 증오와 공포, 그리고 절망의 비명을 지르며 배에서 뛰어내리는 가운데 돛이 달린 돛대가 힘없이 무너져 내렸다.

반파된 첫 번째 배가 이내 물속으로 가라앉기 시작하자, 두 번째 배는 승리의 환호성을 지르며 유유히 사라졌다. 반면 많은 패배자들의 시신은 물속으로 떨어져 내리고 말았다. 그나마 목숨이 붙어 있던 이들은 물 위에 떠 있으려고 애를 쓰다 탈진한 나머지 출렁이는 파도에 몸을 맡긴 채 힘없이 흔들리는 얼룩처럼 변해 버렸다.

인간들이 바다에서 만났을 때 어떻게 행동하는지 내 두 눈으로 똑똑히 보았지만 미심쩍은 느낌을 지울 수 없었다. 작은 정어리도 다른 정어리를 공격하지 않는

다. 느림보 거북이도 다른 거북이를 공격하지 않는다. 탐욕스러운 상어도 다른 상어를 공격하지 않는다. 아무리 생각해도 이 세상에서 자기와 비슷한 이들을 공격하는 종은 인간밖에 없는 것 같다. 인간들에 관해 새로운 사실을 알고 나니 영 기분이 언짢았다.

5

고래가 다른 고래와의 만남에 관하여 말하다

하늘이 맑게 개고 바다가 잔잔하던 어느 날, 나는 오징어 떼를 찾아 가장 차가운 바다로 헤엄쳐 갔다. 가는 동안 한 눈으로는 저 먼 해안을, 그리고 다른 눈으로는 구름 한 점 없는 수평선에서 하늘과 하나가 된 바다를 주시하고 있었다.

한번은 바닷속으로 잠수했는데 어느 참거두고래의 노랫소리가 들려 왔다. 귀에 익은 소리였다. 하지만 그건 먹이가 풍부한 곳으로 가려고 무리를 모으기 위한 노래도, 죽음을 애도하는 슬픈 노래도 아니었다.

새끼 참거두고래가 죽으면, 그 어미나 어미의 어미, 아니면 늙어서 더 이상 새끼를 낳을 수 없는 고래들이 며칠 동안이고 입에 물고 다닌다. 죽은 새끼의 몸이 흐물흐물해지면서 살점이 하나둘씩 떨어져 나갈 때까지

말이다. 그들은 가엾은 새끼 고래의 몸이 해류를 타고 위로 둥둥 떠오르게 두지 않고, 가장 깊은 바닷물 속의 정적과 하나가 될 때까지 절대 입에서 놓지 않는다. 다른 암컷 참거두고래들은 계속 애도의 노래를 부르면서 죽은 새끼 고래를 따라간다. 그 노랫소리는 고래 무리의 마음을 하나로 모아 줄 뿐만 아니라, 죽은 새끼를 입에 물고 다니느라 며칠 동안 아무것도 먹지 못해 힘이 빠진 고래를 공격하려는 포식자들에게 큰 위협이 된다.

참거두고래가 부르던 노래는 다른 고래들을 모으기 위한 것도, 단순히 죽음을 애도하기 위한 것도 아니었다. 그것은 고통과 슬픔에서 우러나오는 노래였다. 아무튼 나는 다시 잠수해서 딸깍거리는 소리를 냈다. 형체와 무게가 없어 순식간에 바닷속 깊은 곳까지 도달한 그 소리는 메아리처럼 반사되어 내게 돌아왔다. 나는 참거두고래가 있는 쪽으로 헤엄쳐 갔다.

참거두고래는 몸의 반쪽을 수면 위로 드러낸 채 떠 있었다. 등에 꽂힌 작대기가 언뜻 눈에 띄었다. 그 끝에 달린 작은 고리에는 짧은 밧줄이 묶여 있었다.

나는 그 고래의 옆으로 천천히 다가가 눈이 있는 곳으로 갔다. 그의 눈동자에 내 눈을 비추어 보기 위해서

였다. 종에 상관없이 우리 고래들은 거대한 체구에 비해 눈이 아주 작다. 우리는 노래나 딸깍거리는 소리로 소통하지만, 무엇보다 눈을 많이 사용한다. 눈동자에는 우리가 보고 있는 것은 물론, 이미 본 것도 나타나기 때문이다.

나는 참거두고래의 눈에서 등에 꽂힌 그 작대기가 작살이라는 것을 알았다. 그건 물론 인간들이 만들어 낸 물건이다.

나는 참거두고래의 눈에서 작살이 폐를 꿰뚫어 숨도 제대로 쉴 수 없다는 것도 알았다.

나는 참거두고래의 눈에서 그것이 우리 모두에게 주는 경고라는 것을 알았다. 인간들이 드디어 우리를 사냥하기 시작했다는 경고였다. 수많은 배들이 우리를 죽이려고 바다를 가르며 달리고 있었고, 그런 배에 타고 있는 사람들을 고래잡이배 선원이라고 불렀다.

하지만 참거두고래의 눈에서 더 이상 아무것도 알 수 없었다. 바닷속 깊은 곳의 정적이 고래의 상처 입은 폐와 공기의 침묵을 요구했기 때문이었다. 잠시 후, 다른 참거두고래들이 반복해서 부르는 애도의 노랫소리가 들려왔다. 그들은 이곳으로 다가와 슬픔을 이기지 못한

듯 깊은 곳으로 내려갔다 다시 수면에 나타나기를 반복하면서 빙글빙글 원을 그리며 돌았다. 그들의 움직임은 참거두고래의 시신을 온전히 거둘 때까지 바다가 요구하는 시간 내내 계속되었다.

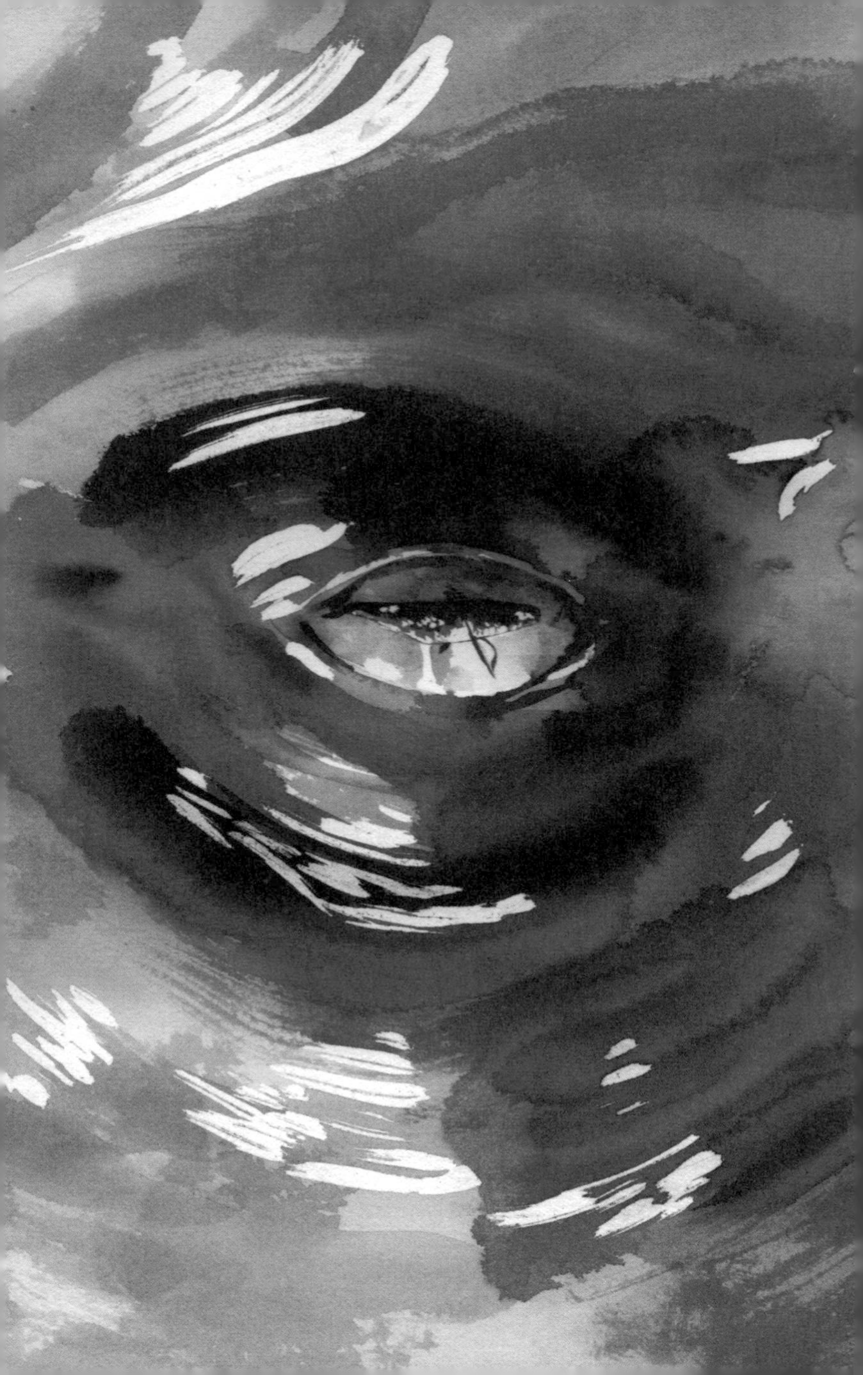

6

고래가 인간들의 의도에 관하여 말하다

참거두고래와 마주친 뒤, 나는 모차섬 부근의 바다에 모여 있는 우리 무리에게 돌아갔다. 내가 없는 사이에 새끼 고래가 태어난 모양이었다. 수컷 고래 둘과 여러 암컷 고래들이 리듬에 맞춰 움직이며 새끼 고래에게 젖을 먹이는 암컷을 보호하고 있었다.

나는 그중 가장 나이가 많은 할아버지 고래에게 다가갔다. 평소 홀로 외롭게 지내던 그였지만, 짝짓기를 하거나 새끼 고래를 보살피기 위해 여러 차례에 걸쳐 불려 나오곤 했다. 그의 나이는 몸에 붙어사는 기생 생물, 즉 수백 마리의 작고 납작한 바닷게들과 따개비들만 봐도 대략 짐작할 수 있었다. 하지만 그것들은 우리 살갗에 붙어 있는 해초를 먹고 살고 우리가 수면 위에 떠 있을 때 바닷새들의 먹이가 되어 줄 뿐, 우리에게 아무런

해도 주지 않는다.

나는 그 고래의 옆으로 공손하게 다가가 방금 본 것을 알리기 위해 그의 눈을 찾았다. 그 고래라면 대체 무슨 일인지 그 자리에서 바로 답을 해줄 수 있을 것 같았기 때문이다.

내가 본 어떤 장면도 그에게는 새로울 것이 없었다. 다른 달빛 향유고래인 그뿐만 아니라, 같은 종으로서 우리 존재의 긴 사슬을 이루고 있던 많은 고래들도 나처럼 바다에서 무시무시하게 싸우는 인간들의 모습을 목격한 적이 있었다. 인간들이 처음으로 바다에 타고 나온 배는 작았지만 시간이 흐를수록 점점 더 커지기 시작했다. 급기야 그들은 더 이상 수평선을 두려워하지 않고 빈번하게 바다를 오갔다.

할아버지 향유고래는 어느 대왕고래와 함께 떠났던 여행 이야기를 내게 눈으로 들려주었다. 고래잡이배의 위험을 그에게 처음 알려 준 이가 바로 그 대왕고래였다고 한다. 그 이야기를 들은 할아버지 향유고래가 궁금해서 이것저것 물어보자, 대왕고래는 인간들이 사는 곳에 가까이 가려면 따뜻한 바다 쪽으로 가보라고 했다.

그들은 수면 바로 아래로 헤엄쳐 나갔다. 숨을 쉬러 위로 나갔다가 다시 잠수하기를 반복하면서 둘은 마침내 어느 해안에 도착했다. 할아버지 향유고래는 그 섬이 낯설었지만, 별들이 인간들을 따라다니고 그들을 위해 반짝거리기로 작정한 것처럼 보일 정도로 아름다웠다.

그러자 대왕고래는 그를 보며 그건 별이 아니라고 했다. 반짝이는 것은 인간들이 램프라고 부르는 건데, 우리 몸의 일부를 태워 빛을 낸다고 했다.

인간들이 우리를 사냥하는 이유는 우리의 살을 먹기 위해서가 아니라, 우리 창자에 있는 기름을 얻기 위해서였다. 그 기름을 태워서 집 안을 밝게 비추려고 한 것이다. 그들은 우리가 무서워서 우리를 죽인 것이 아니다. 어둠을 두려워하는 인간들은 우리 고래의 몸속에 빛이 있다는 것을 발견했다. 그들은 어둠에서 해방되기 위해 우리를 죽이는 것이다.

〈인간들은 몸집이 작아도 무자비하기 짝이 없는 적들이야.〉 나는 생각했다. 하지만 나는 할아버지 향유고래의 눈에서 모차섬 저 너머 어느 해안에 전혀 다른 인간들이 살고 있다는 사실을 알아냈다. 그들은 라프켄체,

즉 〈바다의 사람들〉이라는 이름을 가지고 있었다.

그 사람들은 해변에서 필요한 양식을 얻고, 오래전부터 내려오는 의식에 따라 항상 아낌없이 베풀어 주는 바다에 고마움을 표한다. 먹을 것을 다 모으고 나면, 그들은 레무[11]라고 불리는 근처 숲으로 가서 줄기와 나뭇가지를 잘라 가도 되는지 허락을 구한다. 그런 다음 그것들을 해변으로 가지고 가서 모닥불을 피우면, 춤추는 불빛을 따라 거친 바다도 반짝거린다. 우리 고래들과 돌고래들은 거기로 몰려가 수면 위로 솟구쳐 오르며 바다의 사람들에게 인사를 건넨다. 그러면 사람들도 환호성을 지르며 우리에게 화답한다.

그러나 인간들이 모두 바다의 사람들 같지는 않다.

우리 고래들과 돌고래들은 저 먼 곳에서 온 다른 인간들이 갈수록 많아져서 걱정이라는 이야기를 자주 들었다. 허락을 구하지도, 그렇다고 나중에 고마움을 표하지도 않고 숲과 땅, 그리고 바다에서 자기들이 원하는 것을 제멋대로 가져가는 낯선 인간들 말이다. 고래잡이배 선원들은 배은망덕과 탐욕에 찌든 세상에서 온 인간들의 전형이다.

11 lemu. 〈숲〉을 뜻하는 마푸체 말

〈그래서 정든 이 바다를 떠나 저 넓은 바다 속에서 숨어 살아야 할 때가 오고 말았지. 아기 고래가 젖을 떼는 즉시, 우리는 멀리, 아주 멀리 떠날 거란다. 기다리기 위해서.〉 할아버지 향유고래의 눈이 그렇게 말했다.

그 말을 듣고 깜짝 놀란 나는 대체 뭘 기다릴 것인지 물었다.

〈너를 기다리는 거란다.〉 할아버지 향유고래가 눈으로 말했다. 닫힌 눈꺼풀은 내가 물어봐도 더 이상 대답하지 않겠다는 것을 의미했다.

7

고래가 엄청난 비밀에 관하여 말하다

계절이 바뀌면서 낮의 길이가 점점 짧아지고 일조량도 줄어들었다. 새끼 고래가 젖을 뗄 무렵, 바닷새들은 더 따뜻한 곳을 찾아 날아갔고 섬이 안 보일 정도로 심한 폭우가 계속되었다.

새끼 고래는 어른 향유고래 몸집의 3분의 2에 이를 정도로 컸고, 끝없이 펼쳐진 바다를 향해 위대한 모험을 떠날 만반의 준비를 하고 있었다.

나 또한 예전에 비해 훨씬 더 강해진 것 같았다. 그래서 바닷속 깊은 곳으로 들어가 위대한 고독을 맘껏 누리고 싶었다. 다만 가까운 곳에서든 먼 곳에서든 할아버지 향유고래의 딸깍거리는 소리가 들리면 나 혼자만의 삶에서 벗어나 재빨리 소리 나는 곳으로 달려가곤 했다. 물론 나로서는 무슨 이유로, 또 무슨 목적으로 부

르는지 알 수 없었지만, 모여 있는 무리가 나를 기다리고 있었으니까 말이다.

암컷과 수컷, 그리고 이미 다 자란 새끼 고래는 드넓은 바닷속으로 사라질 때까지 따로따로 헤엄쳐 나갔다. 할아버지 향유고래와 나만 우리 고향 바다에 남아 있었다.

이번에는 할아버지 고래가 먼저 내게 다가와 나와 눈을 맞추었다.

〈우리가 왜 너를 기다리려는지 알고 싶니?〉 할아버지 향유고래가 눈으로 말하기 시작했다. 〈네게 비밀 하나를 알려 주마. 이건 바다에 숨겨진 엄청난 비밀이란다. 하지만 그 전에 나처럼 늙은 고래한테서 배운 것들을 — 물론 그 고래도 자기처럼 늙은 고래한테 배웠겠지 — 네게 알려 줘야 할 것 같구나.

너는 당장 대장정을 떠나지는 않을 거야. 적어도 네 여정이 그렇게 길지는 않을 거란다. 너도 잘 알겠지만, 인간들이 모차라고 부르는 섬에는 새들과 숲속의 작은 동물들만 살고 있지. 그리고 그 섬의 앞바다에는 어떤 고래나 돌고래도 살고 있지 않아. 그건 그곳의 수심이 얕아서도, 우리가 해류에 휩쓸려 암초 지대로 끌려들어

갈 위험이 있어서도 아니란다.

바다의 사람들인 라프켄체는 탐욕에 눈이 먼 인간들이 앞으로 더 많이 오리라는 것을, 그리고 그 어떤 힘과 능력으로도 그들과 맞설 수 없으리라는 것을 잘 알고 있단다. 그래서 고래들은 저 수평선 너머로 먼 길을 떠나기 위해 준비하는 거야. 아무리 강한 고래도 미처 가 보지 못한 곳, 해님의 보금자리가 있는 곳, 제아무리 크고 빠른 배라 할지라도 낯선 이들이 도달할 수 없는 곳까지 가려고 말이지. 아무리 굳은 각오를 다지고 있다 할지라도, 라프켄체 사람들 역시 인간일 뿐이야. 그들은 지치지 않고 오랜 시간 동안 헤엄칠 수도, 더 빨리 가기 위해 잠수할 수도 없어. 그뿐 아니라 바닷속 깊은 곳으로 들어가면 방향을 잃기 십상이고, 어둠 속에 도사리고 있는 장애물을 알리기 위해 딸깍거리는 소리를 낼 수도 없지. 하지만 그들 모두, 그리고 그들 각자는 태어날 때부터 수평선 너머 그곳에 갈 수 있는 정확한 방향을 알고 있단다. 낯선 이들, 침략자들, 그리고 고래잡이배 선원들이 절대 도달할 수 없는 그곳 말이다.

모차섬과 해안 사이의 바다에는 나이가 아주 많은 할머니 고래 넷이 살고 있지. 태초부터 그곳에 살던 고래

들이야. 그들은 이 세상 처음이자 마지막으로 남은 유일한 트렘풀카웨[12] 고래들이란다. 낮 시간 동안 그들은 네 명의 라프켄체 할머니로 살기 때문에 고래로 변한 모습은 밤에만 볼 수 있지. 해님이 저 먼 곳에 있는 집에서 쉬기 위해 완전히 지고 나면, 그들은 곧장 해변으로 다가가 물속으로 뛰어든단다. 물속에 잠기고 나서 얼마 뒤, 고래로 변해서 다시 나타나지. 그들은 곧 먼 길을 떠날 채비를 한단다.

내 이야기가 믿기지 않니?〉 할아버지 향유고래는 눈으로 계속 말했다. 〈너는 까마득히 먼 옛날 고래들과 라프켄체 사람들이 바다에서 약속했다는 것을 알고 있어야 해. 우리 고래들은 크고 강한 반면, 인간들은 작고 연약하지. 우리 고래들은 먼 거리를 돌아다닐 수 있지만 인간들은 우리가 안전하게 머물게 될 그 장소에 이르는 길만 알고 있어.

고래가 죽으면, 우리는 같이 슬퍼하면서 시신이 바다 밑으로 가라앉을 때까지 따라간단다. 라프켄체 사람들이 죽으면, 그들도 슬픔과 비탄에 빠진 채 시신을 해변

12 Trempulkawe. 마푸체 신화에 나오는 네 마리의 초자연적 동물로, 죽은 이들의 영혼을 영원한 안식처로 데려가는 역할을 한다.

으로 데려가기 위해 밤이 될 때까지 기다리지. 해가 지면 트렘풀카웨 할머니 고래 넷이서 죽은 이의 영혼을 섬으로 데려다주거든. 그 섬에 도착하면 게가 딱딱한 껍질을 벗어 던지듯 죽은 이도 육신에서 벗어나 공기처럼 가벼워지지. 그러곤 먼저 죽은 조상들 옆에서 기다리게 돼.

사람들은 그 섬을 응길 첸마이웨[13]라고 부르는데, 먼 길을 떠나기 전에 들르는 재회의 장소란 뜻이야.

언젠가 마지막 남은 라프켄체 사람도 죽을 날이 오겠지. 그는 혼자 있을 테니까 가장 약한 파도가 밀려오는 해안을 골라 세상을 하직할 거야. 할머니 고래 넷, 그러니까 트렘풀카웨가 자기를 데리고 섬으로 마지막 여행을 편하게 떠날 수 있도록 밤 시간을 고르겠지. 결국 그의 혈통에 속한 모든 이들이 그 섬에서 다시 만나게 될 거야. 그들은 모두 바람처럼 가볍기 때문에, 할머니 고래의 등에 올라타고 먼 길을 떠나게 되겠지. 그러면 나를 포함한 모든 고래들과 돌고래들이 그들을 따라가며 외부의 어떤 위협도 용감하게 물리칠 거란다. 그들은

13 Ngill chenmaywe. 트렘풀카웨가 매일 해가 지면 죽은 이들의 영혼을 데려가는 곳으로, 그 장소는 모차섬과 관련이 깊다고 전해진다.

이 세상에서 가장 막강한 호위대를 거느리게 되는 셈이지.

아직 젊은 달빛 향유고래인 네가 앞으로 해야 될 일은 모차섬과 육지 사이의 바다에 살면서 할머니 고래 넷을 보살피는 거란다. 그러는 동안 우리는 저 넓은 바다로 마지막 여행을 떠나게 될 날을 기다리겠지.〉

당부의 말을 마친 할아버지 향유고래는 꼬리지느러미로 수면을 치면서 물속으로 잠수해 들어갔다.

나, 달빛 향유고래는 허파에 공기를 가득 채우고 섬으로 향해 갔다.

8

고래가 모차섬과 해안 사이에서 보낸 나날에 관하여 말하다

내가 모차섬과 해안 사이의 좁은 물길을 돌아다니는 동안, 조용하고 평온하게 지나가던 나날만큼이나 시간도 조수(潮水)의 리듬에 맞추어 느릿느릿 흘러갔다. 바다 밑바닥에 숨어 지내다 빠져나온 오징어와 문어 떼가 종종 해류에 휩쓸려 왔기 때문에 먹을 것은 부족하지 않았다. 먼동이 틀 무렵이면 나는 위로 올라와 몸의 반쪽을 물 밖에 드러낸 채 한 눈으로 해변에 나온 라프켄체 사람들을 관찰하며 움직이곤 했다. 썰물 때 갯벌이 훤히 드러나면 그들은 홍합과 바지락조개를 줍고, 바위에서 삿갓조개를 떼어 내거나, 해변 가까이 세워 놓은 작은 돌담으로 가서 바닷물이 빠진 뒤 갇힌 물고기들을 건져 올렸다. 그럴 때마다 그들의 표정에는 기쁨이 넘쳐흘렀다.

나는 다른 쪽 눈으로 높이 치솟은 나무와 울창한 수풀로 뒤덮인 섬을 쳐다보았다. 바닷새들의 울음소리만 간간이 들릴 뿐, 섬은 안개처럼 깊은 정적에 휩싸여 있었다. 이따금씩 바다표범들이 해변의 자갈밭 위로 올라와 쉬면서 인간들이 없는 틈을 타 자기들끼리 장난질을 하곤 했다.

밤만 되면 나는 할머니 고래 넷이 나타났는지 사방을 두리번거렸다. 그들의 모습이 보이지 않자 할아버지 향유고래가 잘못 알고 있는 건지도 모른다는 생각이 들었다. 그렇다면 내가 거기 계속 머물러 있어야 할 이유가 전혀 없었다. 보름달이 뜬 어느 날 밤 밀물이 몰려왔을 때, 나는 라프켄체 사람들이 슬프게 통곡하는 소리를 들었다. 죽은 이의 시신을 해변으로 옮기고 있는 사람들의 모습이 보였다.

그들은 시신이 하늘을 똑바로 쳐다보도록 누인 뒤, 양팔을 벌리고 달빛과 별빛에 반짝이는 돌을 다섯 개씩 양손에 쥐여 주었다.

〈트렘풀카웨!〉 그들은 짙은 어둠이 내려앉은 근처 숲을 향해 고함을 지른 뒤, 물러갔다. 마지막까지 남아 있던 이가 집 안으로 들어가자, 네 명의 할머니가 울창한

숲 사이에서 불쑥 나타나 나이를 짐작할 수 없을 만큼 지친 발걸음으로 해변을 향해 걸어갔다. 그들은 벌거벗은 채 백발의 긴 머리를 끌면서 누워 있는 시신이 있는 곳에 도착했다. 그러곤 알아들을 수 없는 소리를 웅얼거리며 죽은 이의 손에서 반짝거리는 돌을 빼냈다. 바로 그 순간, 한 할머니가 급하게 바다로 뛰어들어 물속에 잠겼다. 잠시 후, 검은 살갗의 참거두고래와 비슷하게 생긴 작은 고래가 물 위로 솟아오르며 해변으로 다가왔고, 나머지 세 할머니는 죽은 이의 시신을 그 고래의 등 위에 올려놓았다.

그 할머니들도 곧장 바다로 뛰어들어 고래로 변했다. 그렇게 해서 고래 넷은 꼬리지느러미로 수면을 때리고 바다에 비친 달을 가르며 섬을 향해 헤엄쳐 갔다.

할머니 고래의 몸은 역사의 모든 시대를 거쳤을 만큼 나이를 많이 먹었다. 그들의 몸은 온통 기생충, 따개비, 바닷게, 불가사리, 삿갓조개, 다양한 크기와 색깔을 가진 연체동물, 그리고 죽은 라프켄체 사람들이 섬으로 갈 때 뱃삯으로 내는 반짝이는 돌로 뒤덮여 있어 빈 공간이 한 군데도 없었다.

할 일을 마치고 나서 할머니 고래 넷은 다시 육지로

돌아왔다. 해변에 이르기 무섭게 그들의 몸이 줄어들기 시작했다. 거대하던 등은 바람이 다 빠진 것처럼 구부정해지고, 힘차게 퍼덕이던 꼬리도 여위고 힘이 없는 다리로 변해 버렸다. 할머니들은 백발의 긴 머리를 질질 끌며 느릿느릿하게 걸어가더니 짙은 어둠에 잠긴 숲 속으로 사라졌다.

나는 그 뒤로 할머니 고래들이 시신을 들쳐 메고 해안에서 섬으로 가는 장면을 여러 차례 목격했다. 하지만 나는 또한 라프켄체 사람들이 여전히 많이 있고, 천천히 즐겁게 자라나는 아이들도 있다는 사실을 알게 되었다. 이는 바다의 사람들 혈통의 마지막 인간이 먼 여행을 떠날 준비를 할 때까지 오랜 세월 동안 그들을 지켜야 할 임무가 나를 기다리고 있다는 것을 의미했다.

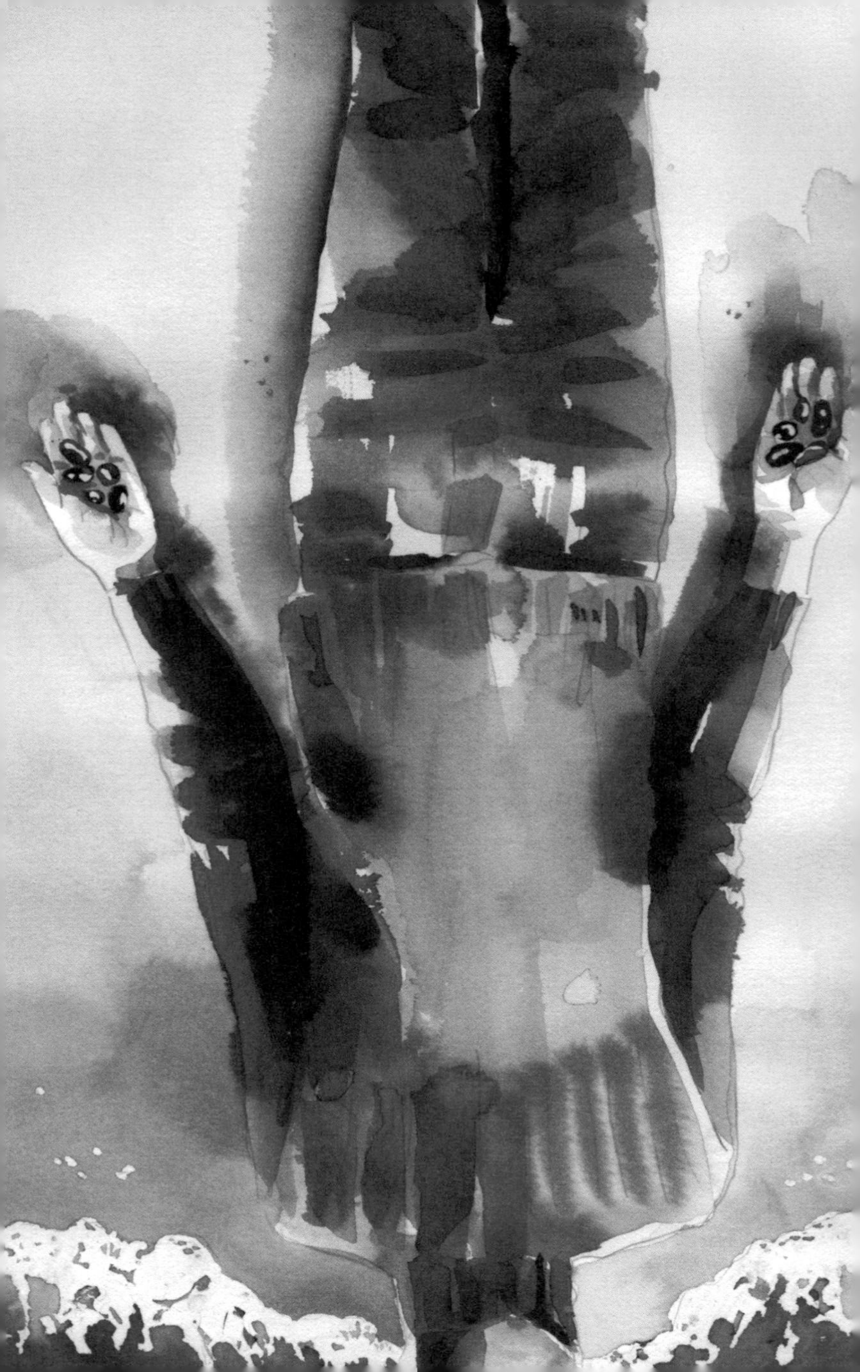

9

고래가 기다리면서 보낸 시간에 관하여 말하다

몰아치던 폭풍우도 시간이 흐르면 잠잠해지듯이 계절도 그렇게 바뀌어 갔다. 밤의 어둠이 깔리기 시작하면 나는 해안과 섬 사이의 물길을 따라 한쪽 끝에서 다른 쪽 끝으로 계속 왔다 갔다 했다. 주변을 살피며 혼자 다닐 때도 많았지만, 할머니 고래 넷이서 죽은 이를 태우고 길을 떠나면 늘 그 뒤를 따라갔다. 내가 나타나기만 하면, 할머니 고래들은 허파에 있는 공기를 내뿜기 위해 물 밖으로 나올 때처럼 우렁찬 숨소리를 내며 감사의 인사를 건넸다.

먼동이 뿌옇게 밝아 오고 하늘에 샛별만 덩그러니 남으면 나는 좁은 수로를 벗어나 넓은 바다로 나아갔다. 밤새 한숨도 못 자고 주위를 살피느라 녹초가 되었지만 시원하게 트인 바다에 이르면 숨을 깊이 들이마시고 몸

이 수직으로 똑바로 설 때까지 힘을 쭉 뺀 채 꼼짝도 하지 않았다. 그렇게 해서 크고 단단한 머리가 수면에 거의 닿을 정도로 뜬 채 잠이 들었다.

그리고 나는 꿈을 꾸었다.

꿈속에 나타난 장소는 우리 고래들이 모두 라프켄체 사람들을 따라가게 될 바로 그곳이었다. 해님의 보금자리를 둘러싼 바다는 언제나 투명할 정도로 맑고 고요했다. 오징어들이 새까맣게 떼를 지어 몰려다니는 데다, 거센 파도도 일지 않아 짝짓기하기에 안성맞춤인 듯 보였다. 게다가 주변에 어떤 위협도 없어서 참고래,[14] 향유고래, 그리고 남방긴수염고래[15]가 아주 작은 밍크고래[16] 옆에서 자신의 웅장한 몸을 한껏 과시하기에 딱 좋았다. 그리고 바다에는 작은 생물체들이 풍부해서 대왕고래와 혹등고래,[17] 그리고 모든 종류의 수염고래들이 살기에 이보다 더 좋은 곳은 없을 것 같았다. 고래들이

14 수염고랫과에 속하며, 대왕고래 다음으로 큰 해양 포유류다.

15 긴수염고랫과에 속하며 몸길이는 13~20미터 내외다.

16 수염고랫과에 속한 고래로 몸길이는 8~9미터이며 수염고랫과 중 두 번째로 작다. 쇠정어리고래라고도 한다.

17 수염고랫과 혹등고래속에 속한 고래로, 등은 어두운 회색 혹은 은빛을, 그리고 배는 회색 반점과 함께 흰색을 띠고 있다. 몸길이는 12~16미터다.

입만 벌리고 있으면 엄청난 양의 물이 안으로 쏟아져 들어오는데, 물을 다시 뿜어낼 때 수염이 맛있는 크릴새우만 걸러 내 목구멍에 남겨 주기 때문이다. 등이 은빛인 돌고래와 일각돌고래[18]는 바다 밑 모래 속에 숨어 사는 넙치를 차지하기 위해 서로 경쟁을 벌였지만, 볼썽사납게 싸우지는 않았다.

비몽사몽간에 배가 가까이 다가오는 것을 느낄 때도 가끔 있었다. 하지만 나는 수직으로 서 있어서 머리의 끝부분만 암초처럼 수면 위로 올라와 있기 때문에 인간들의 눈에 띄지 않고 그들의 목소리를 들을 수 있었다.

고요하고 조용한 바닷속에서 그들의 이야기를 귀담아듣던 중, 엄청나게 많은 배들이 우리 고래들을 잡기 위해서 바다 위를 떠다니고 있다는 사실을 알게 되었다. 인간들은 램프에 쓸 기름뿐만 아니라, 용연향[19]이라고 불리는 진귀한 물건 — 물에 꽃과 허브의 향을 넣기 위해 사용된다 — 을 구하기 위해서 우리를 쫓아다닌다는 이야기였다. 인간들은 자신의 몸 냄새를 가리기 위

18 외뿔고랫과에 속하는 돌고래로 외뿔고래라고도 한다. 몸길이는 4~5미터다.

19 용연향(龍涎香)은 향유고래의 소화 기관에서 생성되는 물질로, 약재나 향수의 원료로 이용된다.

해 향기 나는 물을 듬뿍 바르곤 했다. 해님이 자기 보금자리로 돌아오면서 수평선을 붉게 물들일 때면, 나는 주변을 감시하면서 할머니 고래 넷을 보살피는 임무를 완수하고 기다리기 위해 다시 해안과 섬 사이의 물길로 돌아왔다.

10

고래가 고래잡이배 선원들과의 첫 만남에 관하여 말하다

폭풍우가 들이닥친 어느 날 밤, 라프켄체 사람들은 거센 파도와 비가 몰아치는 해변에 죽은 이를 데려다 놓는 의식을 치렀다. 늘 그랬던 것처럼 그들은 시신이 하늘을 똑바로 쳐다보도록 누이고 양팔을 벌린 다음, 번갯불의 섬광에 반짝이는 돌을 양손에 다섯 개씩 쥐여 주었다.

그들은 폭우 속에서 일제히 외쳤다. 〈트렘풀카웨!〉 네 명의 할머니가 백발의 긴 머리를 끌고 나타나 태곳적부터 해오던 바를 다시 한번 되풀이했다. 바다로 뛰어든 할머니가 고래로 변해 물 위로 솟구쳐 오르자, 나머지 세 할머니는 죽은 이를 고래의 등 위에 올려놓은 뒤 사납게 출렁거리는 바다로 몸을 던졌다.

나는 할머니 고래 넷과 죽은 이의 시신을 호위했다.

한 눈으로는 거대한 파도를 헤쳐 나가는 고래들을, 그리고 다른 눈으로는 수로로 들어오는 배를 지켜보았다. 번갯불이 번쩍할 때마다 거대한 배의 모습이 훤히 드러났다.

처음에는 배가 폭풍우를 피하려고 섬으로 오는 줄만 알았다. 그런데 그때 어디선가 고함 소리가 거세게 몰아치던 파도와 바람을 뚫고 들려왔다.

「뱃머리 쪽에 고래들이 있다!」 어떤 인간이 소리를 질렀다. 그러자 배에 탄 선원들은 바람을 더 많이 받기 위해 재빨리 돛을 올린 뒤, 우리 쪽으로 배를 몰았다.

그때 할머니 고래 넷과 나는 해안과 섬 사이의 중간쯤 가고 있었다. 나는 한 눈으로 곧 닥칠 위험도 모른 채 느릿느릿하게 헤엄쳐 가는 고래들을 바라보았다. 그리고 다른 눈으로 우리에게 점점 더 가까이 다가오는 고래잡이배를 지켜보았다.

나는 그들과 맞닥뜨린 적이 한 번도 없었기 때문에 어떻게 해야 할지 몰랐다. 처음에는 그들이 탄 배를 공격할까도 생각해 봤지만, 잠수를 한 뒤 탄력을 받아 속도와 힘을 얻기에는 배와 나 사이의 거리가 너무 짧은 것 같았다. 바로 그 순간, 예전에 라프켄체 사람들이 내

게 했던 말이 문득 떠올랐다.

라프켄체 사람들에 따르면, 낯선 인간들은 탐욕에 눈이 멀어 갈수록 더 많은 것을 원한다고 했다. 그렇다면 그들의 눈에 우람한 덩치를 가진 나, 달빛 향유고래가 할머니 고래 넷보다 훨씬 더 탐나는 사냥감으로 보일 것이 틀림없었다.

나는 물속으로 들어가 배가 있는 쪽으로 헤엄쳐 갔다. 내가 수면 위로 솟구쳐 오르는 순간, 번갯불이 번쩍하면서 하늘이 대낮처럼 환해졌다. 그 덕분에 갑판에 서 있는 인간들이 보였다. 그들은 그 즉시 뱃전으로 몰려나왔다.

「우현에 고래다! 엄청나게 큰 고래야!」 어떤 인간이 소리쳤다.

나는 그들과 맞서기 위해 꼬리지느러미로 물을 세 차례 때렸다. 그 덕분에 배는 항로를 변경해 내가 있는 쪽으로 뱃머리를 돌렸다.

나는 그들이 조금 더 가까이 다가올 때까지 기다렸다가 다시 잠수한 뒤, 하늘 높이 솟구쳐 올랐다. 폭풍우와 짙은 어둠 속에서도 내 모습이 잘 보이도록 나는 온몸을 물 밖으로 드러냈다. 그렇게 나는 물 밖으로 나왔다

가 잠수하고 다시 떠오르기를 반복했고 가끔 수면 위에 가만히 떠 있기도 했다. 내가 의도한 바대로, 그 배는 나를 따라 수로에서 넓은 바다로 나왔다.

동틀 녘, 폭풍이 가라앉자 인간들은 끈질기게 나를 쫓아왔다. 배는 덩치가 워낙 큰 탓에 굼뜨게 움직였다. 인간들이 아무리 뛰어나다 해도, 물속에서 방향을 바꾸어 동에 번쩍 서에 번쩍 하며 그들을 혼비백산하게 만드는 내 솜씨를 당해 낼 재간은 없었다. 그들과 가까운 거리에서 잠수했다가 다시 물 위로 솟구치기를 여러 번 반복한 끝에 나는 그들이 우리를 잡기 위해 어떻게 움직이는지, 그리고 그들의 전략을 비롯해 강점과 약점이 무엇인지도 알아내야겠다는 생각이 들었다. 이를 위해서 나는 마지막으로 물 위로 떠오른 뒤, 수면 위에 뜬 채 가만히 있었다.

그들은 밧줄을 이용해서 배의 옆면으로 보트를 내렸다. 다섯 명의 선원들을 태운 보트는 그 끝이 지느러미 모양으로 된 네 개의 노를 저으며 내게 다가오기 시작했다. 그중 한 명은 자리에서 일어선 채 작대기를 높이 쳐들고 있었다. 그건 참거두고래의 등에 박혀 있던 작살이었다.

그제야 그들이 어떻게 우리 고래를 공격하는지 알 수 있었다. 저렇게 작은 배를 타면 더 민첩하게 움직일 수 있을 뿐만 아니라, 방향을 바꾸기도 용이했다.

인간들에 대해 더 많이 알아낼 작정으로 나는 보트 주변에서 원을 그리며 빙글빙글 돌기 시작했다. 나는 크게 숨을 들이마시고 그들에게 눈을 떼지 않은 채 잠수했다. 그러곤 물속에서 몸을 돌려 그들이 전혀 예상치 못한 곳으로 뛰어올랐다. 작살을 치켜든 사람은 나를 잡기 위해 사력을 다하고 있는 선원들에게 더 빨리 움직이라고 닦달했다.

이 정도면 고래잡이배 선원들에 대해서 충분히 파악한 셈이었다. 나는 인간들의 탐욕을 이용해 그들이 할머니 고래 대신 나를 쫓아오도록 만들었다. 할머니 고래보다 덩치가 훨씬 큰 달빛 향유고래를 말이다. 이제는 인간들이 무엇을 두려워하는지만 알면 될 것 같았다.

나는 허파에 공기를 가득 채우고 바다 깊은 곳으로 내려간 다음, 속력을 높여 작은 보트 바로 옆으로 솟구쳐 올랐다. 온몸이 공중에 떴다 떨어지면서 일으킨 거대한 파도와 물보라로 인해 결국 보트는 뒤집히고 말

았다.

인간들이 필사적으로 헤엄쳐 전복된 보트 위로 기어가는 모습이 보였다. 그곳을 떠나려는 순간, 선원들이 내게 붙여 준 이름을 듣게 되었다.

「모차 딕,[20] 다시 너를 잡으러 돌아올 테니까 두고 봐!」 작살을 든 인간이 소리쳤다.

증오심으로 가득 찬 그의 목소리는 장차 닥쳐올 일에 대한 경고였다.

20 Mocha Dick. 미국의 소설가 허먼 멜빌의 장편소설 『모비 딕』에서 따온 이름으로 보인다. 〈모비 딕〉도 주인공처럼 향유고래다.

11

고래가 고래잡이배 선원들의 포위 공격에 관하여 말하다

모차 딕. 고래잡이배 선원들은 모차섬 부근 해역에서 나를 처음 만났기 때문에 그런 이름을 붙여 준 모양이었다. 나는 밤이 되면 할머니 고래 넷을 지켜 주고, 날이 밝으면 넓은 바다로 나가는 생활을 이어 가고 있었다.

재빠른 돌고래들 덕분에 나는 광대한 두 바다가 합쳐지는 길목에서 점점 더 많은 배들이 우리를 잡으러 오고 있다는 사실을 알게 되었다.

〈다들 네 이야기를 하더라고.〉 돌고래들이 내게 귀띔해 주었다. 〈너를 모차 딕, 아니면 거대한 하얀 고래라고 부르는데, 심지어 너를 잡는 선원에게는 후한 보상을 주겠다고 하더라니까.〉

뜻하지 않게 나는 고래잡이배 선원들이 가장 증오하는 대상이 되어 버린 셈이다. 돌이켜 보면 뒤집힌 배 위

로 기어 올라가던 인간들을 살려 준 것이 실수였는지, 아니면 커다란 배를 공격하지 않았던 것이 더 큰 실수였는지 알 수가 없었다. 아무튼 그들이 다른 선원들에게 나에 관해 이야기를 하게 된 것도 따지고 보면 내가 그들의 목숨을 살려 준 탓이었다. 그런데 무엇보다 섬과 해안 사이의 물길에 더 많은 고래들이 살고 있다는 사실이 알려진 것이 더 큰 문제였다.

나는 우선 습관을 바꾸기로 했다. 낮이 되면 넓은 바다로 나가되, 섬이 해안을 배경으로 초록색 점처럼 보이는 거리까지만 갔다. 그리고 한 눈으로는 저 멀리 차가운 물이 흐르는 곳을, 그리고 다른 눈으로는 따뜻한 바다가 있는 곳을 바라보았다. 그 시간 동안 나는 잠시도 졸지 않았다.

우리 고래들은 두 가지 방법으로 잘 수 있다. 첫 번째로 온몸에 힘을 빼고 머리가 수면에 거의 닿을 만큼 수직으로 떠서 자는 방법이다. 그리고 등은 물 밖에 드러내고 나머지는 물에 잠긴 채 수평으로 떠서 자는 것이 두 번째 방법이다. 하지만 두 번째 방법으로는 원기를 회복할 수 있을 정도로 충분한 휴식을 취하거나 깊은 잠을 자기 어렵다. 그래서 나는 선잠을 자면서 어둠이

깔린 섬과 해안 사이의 물길에 머물러 있었다. 물론 라프켄체 사람들이 부르는 소리와 할머니 고래 넷이 자기의 본분을 다하기 위해 다가오는 소리에 귀를 기울이면서 말이다.

나는 배들이 우리가 있는 곳으로 다가오는 것을 여러 번 보았다. 그럴 때마다 나는 그들과 과감하게 맞섰다. 우선 선원들이 나를 쫓아 바다 한가운데로 나오도록 유인하기 위해 배 근처에서 솟구쳐 올랐다. 하지만 이제는 그들이 어떻게 나올지 뻔히 알고 있었기 때문에, 보다 가볍고 기동력이 좋은 소형 보트를 띄우지 못하도록 배와 일정한 거리를 두고 움직이면서 해안이 보이지 않는 곳까지 그들을 끌고 갔다. 일단 그 지점에 이르면 나는 바다 밑 가장 짙은 어둠 속으로 가라앉은 다음, 빠르게 움직여 해안과 섬 가까운 곳으로 돌아왔다.

그렇게 시간은 흘러갔고, 그 어떤 것도 내 임무를 막지 못했다. 그러다 낮은 짧아지고 밤이 길어지는 계절이 다시 찾아왔다. 잿빛 하늘이 낮게 드리워져 있고 가벼운 바람이 불던 어느 새벽, 나는 어느 혹등고래의 노랫소리를 들었다. 그런데 그것은 먹이를 포식하고 몸에 충분한 지방을 축적한 뒤 차가운 바다에서 따뜻한 바다

로 이동할 때 대형을 유지하기 위해 부르는 노래나, 새끼를 낳고 젖을 먹이거나 새끼 고래에게 바다의 비밀을 알려 주기 위해 부르는 노래가 아니라, 도움을 청하는 노랫소리였다.

나는 노랫소리가 나는 곳을 향해 헤엄쳐 갔다. 그의 모습을 보자마자, 나는 그 고래가 왜 그런 노래를 불렀는지 이유를 알 수 있었다. 새끼를 낳는 바람에 무리에서 뒤처지고 말았던 것이다. 자그마한 새끼 고래는 어미 몸에 딱 달라붙어 있었다. 녀석은 어미의 젖꼭지에서 나오는 진하고 걸쭉한 — 고체처럼 거의 굳은 상태였다 — 젖을 흐뭇한 표정을 지으며 걸신들린 듯이 빨아 먹고 있었다.

출산으로 허약해진 데다 아직 어린 젖먹이를 떼어 낼 수도 없는 터라 혹등고래는 그대로 가만히 있었다. 곰곰이 생각해 보니 그 고래와 함께 따뜻한 바다로 이동하던 무리가 아직 멀리 가지는 못했을 것 같았다. 나는 딸깍거리는 소리를 내서 그들이 어디쯤 있는지 알아내려고 곧장 잠수했다.

나는 한동안 물속에 머물며 딸깍거리는 소리를 냈다. 메아리처럼 반사되어 오는 소리를 들었지만 부근에 고

래들이 있다는 신호는 전혀 없었다.

숨을 쉬기 위해 혹등고래와 새끼 고래 옆으로 떠오른 순간, 아차 싶었지만 고래잡이배 선원들을 쫓아 버리기에는 이미 너무 늦어 버린 뒤였다. 그들은 우리 바로 위에 있었다.

옆구리 쪽에 찌르는 듯한 통증이 느껴졌다. 뒤를 돌아보니 작살이 내 몸 깊숙이 박혀 있었다. 그런 상황에서는 다시 잠수할 수밖에 없었다. 내 살에 박힌 작살을 빼내기 위해 몸을 뒤흔들면서 바닷속 깊은 곳으로 내려갔지만, 아무 소용이 없었다. 고래잡이배 선원들이 내게 극심한 통증을 일으켜 힘을 빼기 위해 작살의 고리 끝에 묶인 밧줄을 계속 잡아당겼기 때문이었다.

나는 물 위로 떠올라 숨을 내쉬고, 다시 허파에 공기를 가득 채웠다. 나는 그제야 선원들이 혹등고래도 해쳤다는 것을 알아차렸다. 그들은 밧줄을 이용해 혹등고래를 뱃전으로 끌어 올리고 있었다. 갓 태어난 새끼 고래도 비극적인 운명을 피하지 못했다. 선원들이 어미 혹등고래와 새끼 고래의 몸을 토막 내고 있는데도, 그들은 여전히 꿈틀거리고 있었다. 혹등고래와 새끼 고래의 피가 뱃전으로 폭포처럼 쏟아져 내리면서 바다를 벌

겋게 물들였다.

내게 작살을 던진 선원들이 다가오고 있었다. 그 순간, 나도 그들에 대해 배울 만큼 배웠다는 사실이 떠올랐다. 나는 그들이 작은 배를 보트라고, 움직이고 기동하기 위해 사용하는 막대기를 노라고 부른다는 것을 알고 있었다. 그리고 내 옆구리에 박힌 것처럼 날카로운 작살을 던지는 이를 작살잡이라고 부른다는 것과 바다의 거대한 동물들에 대한 증오심이 그들의 마음속에서 끓어오르고 있다는 것도 알고 있었다.

작살잡이는 끝이 뾰족한 무기를 이리저리 흔들면서 최후의 일격을 가할 준비를 하고 있었다. 작살을 피하려면 빠르게 움직여야만 했다. 그리고 나는 그렇게 했다.

나는 보트 가까이로 잠수해 내 몸길이의 스무 배 정도 되는 깊이까지 수직으로 빠르게 하강했다. 그런 다음 다시 몸을 돌려 물 위로 떠오르면서 배의 용골(龍骨)[21]을 찾았다.

내 머리가 거기에 부딪친 순간, 그 충격으로 보트는

21 선박 바닥의 중심선을 따라 설치된 길고 큰 재목. 사람의 척추뼈와 같이 선체 골격의 기초가 되며 선체를 받치는 구실을 한다.

두 동강이 나면서 인간들은 모두 물속에 빠지고 말았다. 나는 공포에 질려 비명을 지르는 인간들을 꼬리로 사정없이 내리쳤다. 그것도 모자라 나는 배를 향해 필사적으로 헤엄쳐 가던 인간들에게 다시 달려들었다. 그때 배가 내 분노의 복수를 피하기 위해 바람 부는 방향으로 돛을 돌리면서 황급히 떠나는 모습을 보았다. 보트에 타고 있던 다섯 명의 생명 따윈 안중에도 없는 눈치였다.

고통이 더 심해진 것이 방금 본 장면 때문인지, 아니면 내 몸에 박힌 작살 때문인지 모른 채 나도 그곳을 떠났다. 나는 한쪽 끝은 작살의 고리에, 그리고 반대쪽 끝은 보트 잔해에 묶여 있는 밧줄 조각을 끌고 내가 머물던 물길 쪽으로 향했다.

내 옆구리에서 뿜어져 나오던 피는 바닷물과 섞이면서 감쪽같이 사라져 버렸다.

12

고래가 네 마리의 나이 든 고래와 이야기를 나누다

저녁이 되자 폭풍우가 심하게 몰아치면서 풍랑이 거세게 일기 시작했다. 칠흑 같은 어둠에 폭우까지 쏟아지면서 앞에 있는 섬조차 제대로 보이지 않았다. 자칫 파도에 휩쓸려 해변에 좌초될 위험도 있었지만, 나는 도움을 구하기 위해 섬으로 다가갔다.

나는 라프켄체 사람들이 사는 마을 앞에서 여러 차례 물 위로 뛰어오르면서 태풍보다 더 높은 소리를 냈다. 내가 몇 번이나 물 위로 뛰어올랐는지 정확히 알 수는 없었지만, 어느 순간 라프켄체 사람들이 무리 지어 해변으로 달려 나왔다. 그들은 나를 보자마자 소리를 지르기 시작했다. 너무나 듣고 싶던 이름이었다. 〈트렘풀카웨!〉

할머니 네 명이 숲에서 나왔다. 세찬 빗줄기가 그들

의 몸을 휘감으면서 긴 백발 머리는 구부정한 몸에 딱 달라붙었다. 예전과 달리 동시에 바다로 뛰어든 네 할머니는 곧 내 옆에 나타났다.

그중 한 할머니 고래는 내 눈 옆에 머물렀고, 나머지 셋은 내가 끌고 온 밧줄을 입에 물었다. 밧줄로 인해 내 옆구리에 박힌 작살이 당기면서 더 심한 통증을 일으키지 않게 하려면 그 수밖에 없었다.

다행히 할머니 고래 넷은 나처럼 이빨이 성했기 때문에 밧줄을 끊을 수 있었다.

〈우리는 훌륭한 달빛 향유고래인 네가 얼마나 고마운지 모른단다. 네가 우리를 지켜 주는 든든한 울타리라는 것도 잘 알고 있어.〉 할머니 향유고래가 눈으로 말했다.

〈혹등고래가 부르는 소리를 듣고 달려간 게 잘한 일인지 모르겠어요. 내가 위험에 빠지면서 할머니들까지 위태로워지고 말았으니까요.〉 나는 할머니 고래의 눈을 바라보며 말했다.

〈우리뿐만 아니라 라프켄체 사람들도 너를 비난할 수 없단다. 그 누구도 그럴 자격은 없어. 푹 쉬고 원기를 회복해서 어서 맡은 바 책임을 다해야지.〉 할머니 고래가

말을 마치자, 넷은 다시 해안으로 돌아갔다.

밧줄을 끊고 나니 앓던 이가 빠진 것처럼 홀가분해지면서 통증도 많이 가라앉았다. 바닷물의 소금기 덕분에 상처도 금세 아물었고, 작살은 내 몸의 일부로 자리 잡기 시작했다.

그날 밤, 나는 거세게 몰아치는 폭풍우 덕분에 해안과 섬 사이의 수로에서 깊이 잠들 수 있었다.

13

고래가 마지막으로 말하다

나는 할머니 고래 넷이 시신을 싣고 섬으로 가는 모습을 자주 보았다. 그리고 섬과 해안 사이의 물길에 고래잡이배들이 나타날 때마다 그들을 넓은 바다로 유인해 맞섰다. 그 덕분에 내 몸에는 더 많은 작살이 박히고 말았지만, 이제 견딜 만해진 통증 외에 다행히 다른 어떤 피해도 입지 않았다. 어차피 나를 죽이기로 작정한 고래잡이배를 먼바다로 유인하기 위해서는 그만큼의 대가를 치러야 하는 법. 내게 닥친 시련을 나는 그렇게 받아들이기로 했다.

나는 끈질기고 집요한 인간들을 볼 때마다 몸서리가 쳐졌다. 당연히 그들이 어디서 오는 건지, 바다나 육지 어느 곳에 많은 인간들이 살고 있는지, 언젠가 그들이 탐욕을 채우는 모습을 보게 될지 궁금해졌다.

하늘의 명령으로 수면에 잔물결을 일으키는 가벼운 바람은커녕 파도도 거의 없어 바다가 고요하던 어느 날, 커다란 바닷새 앨버트로스 한 마리가 내 머리 위에서 특이한 울음소리를 내더니 거대한 날개를 우아하게 펼치면서 내 옆에 내려앉았다.

그는 날개를 접고 물 위에 뜬 채 서로 바라볼 수 있도록 내 한쪽 눈앞에서 흔들거렸다.

〈인간들이 모차 딕이라고 부르는 위대한 달빛 향유고래가 바로 너구나. 만나서 반가워.〉 앨버트로스가 먼저 말을 꺼냈다. 〈인간들이 널 증오하면서도 두려워한다는 것을 넌 알아야 해. 네 눈을 보니까 나한테 물어볼 말이 굉장히 많은 것 같구나. 그럼 뭐든 물어봐. 다 대답해 줄 테니까.

인간들은 아주 먼 곳에서 오는 거야. 하지만 이 세상 그 어떤 것도, 심지어는 죽음조차도 그들의 탐욕과 야망을 막을 수 없어. 그들은 우리가 본 적도 없고 보지도 못할 지역에서 오는 거야. 그들은 오르노스곶이라고 부르는 곳에 오기 위해 여기처럼 엄청나게 큰 바다를 건너오고 있는 거지. 거기에 가면 배와 난파선의 잔해들이 해안에 잔뜩 쌓여 있단다. 그것들은 말은 못 하지만

인간들이 얼마나 무모한지, 그러면서도 얼마나 끈질기고 집요한지, 자기 두 눈으로 똑똑히 본 셈이지.

그런데 그곳에 쉴 새 없이 도착하는 배에서는 모두 네 이야기만 하더구나. 거대한 하얀 고래 모차 딕에 관해서 말이야. 미숙한 선원들의 마음속에 공포를 심어 주는 동시에 더 큰 야심을 품게 만들려고 너를 실제보다 훨씬 더 크고 힘도 셀 뿐만 아니라 더 포악한 고래로 이야기하더라고.

그들은 곧 너를 잡으러 올 거야. 더구나 인간들은 너희 고래들이 여기로 지나다닌다는 것을 잘 알고 있어. 고래들이 새끼를 낳기 위해 차가운 바다에서 커다란 거북이들이 사는 갈라파고스 제도 부근의 따뜻한 바다로 이동할 때, 이곳을 통과한다는 것을 그들도 훤히 알고 있다고. 그뿐 아니라 새끼를 낳은 다음 크릴새우, 오징어, 문어가 풍부한 차가운 바다로 되돌아가기 위해 허기진 채 여기를 지나간다는 것도 물론 잘 알고 있지.

인간들이 무섭게 몰려올 거야. 배를 타고 오면서 고래, 돌고래, 바다표범, 물범, 바다코끼리, 펭귄, 갈매기를 닥치는 대로 죽일 거라고. 바다에 사는 모든 것들은 결국 인간들의 가마솥에 들어가 지방과 기름으로 변해

버릴 거야.

위대한 달빛 향유고래야, 넌 아주 중요한 임무를 맡은 거란다. 마지막 남은 라프켄체 사람이 할머니 고래의 등을 타고 모차섬으로 갔다가 수평선 너머의 세계로 먼 길을 떠나면, 바다에 사는 모든 생명은 너를 따라 가장 순수한 바다, 고래잡이배가 없는 바다로 갈 테니까 말이야.〉

커다란 바닷새인 앨버트로스는 더 이상 아무 말도 하지 않았다. 그는 내 등 위로 폴짝 뛰어올라 몇 걸음 달려가더니 날개를 활짝 펴며 하늘로 날아올랐다.

그는 내가 맡은 일이 얼마나 중요한지 말해 주었지만 뿌듯하고 자랑스럽기는커녕, 처음 작살이 내 살에 박혔을 때만큼이나 고통스러운 슬픔이 가슴에 차올랐다. 더구나 지금은 내 몸에 작살이 여러 개나 박혀 있지 않은가.

날이 갈수록 잠이 줄어들기 시작했다. 그런 탓인지 고래잡이배를 수로에서 내쫓기 위해 넓은 바다로 나가 그들과 맞서 싸울 때면 금세 피곤이 몰려왔다. 밤에는 선잠을 자면서 차라리 마지막 라프켄체 인간이 어서 죽기를 바라기도 했다.

하지만 그 후 여러 사건들이 연달아 일어났다. 구름 한 점 없이 맑은 하늘에 보름달이 휘영청 뜨고 간조로 바닷물이 빠져나간 어느 날 밤, 나는 사람들이 다급하게 외치는 소리를 듣고 선잠에서 깼다. 〈트렘풀카웨!〉 잠시 후 할머니 고래 넷이서 시신을 등에 태우고 섬으로 헤엄쳐 가고 있는데, 배 두 척이 눈에 띄었다. 배 한 척은 수로 입구에, 다른 한 척은 출구 쪽에 있었다.

나는 입구 쪽에 있는 배를 향해 돌진했다. 조류(潮流) 덕분에 보통 때보다 더 빨리 나아갈 수 있었다. 그 배에 이르러 보니, 고래잡이배에서 노 젓는 이 네 명과 작살잡이 한 명씩을 태운 보트 세 척을 이미 물 위에 띄운 상태였다. 밝은 보름달 때문에 할머니 고래의 등이 훤히 보였다.

나는 잠수한 뒤, 두 보트 사이의 수면 위로 뛰어올랐다. 그 순간, 작살 하나가 내 눈 가까이에, 그리고 다른 하나가 등에 꽂혔다. 비릿한 내 피 냄새가 느껴졌다. 나는 꼬리지느러미로 보트 두 척을 박살 내고 선원들을 사정없이 내리쳤다. 세 번째 보트를 공격하기 위해 다시 잠수한 뒤 물 위로 솟구쳐 오르려는 순간, 내 마음은 공포와 분노로 가득 차 있었다.

수로의 출구 쪽에 있던 배에서도 소형 보트 여러 척을 물 위에 띄워 놓았다. 그중 한 척은 할머니 고래 하나를 끌고 오고 있었다. 그 할머니 고래 머리에는 작살이 깊게 박혀 있었다. 남은 할머니 고래 셋 중 둘은 등에 작살이 꽂힌 채 고통으로 몸을 비틀고 있었다. 마찬가지로 부상을 입은 마지막 고래는 맡은 바 임무를 다하기 위해 남은 힘을 다해 섬으로 가고 있었다.

그 순간, 나는 내가 큰 잘못을 저질렀음을 깨달았다. 나는 결국 우리 혈통과 라프켄체 사람들, 할머니 고래들과 바다에 사는 모든 존재들의 기대에 부응하지 못한 셈이다. 이제 우리는 위대한 여행을 떠나지도 못한 채, 인간의 탐욕을 피해 도망 다닐 수밖에 없을 것이다. 살아남기 위해 넓은 바다의 한쪽 끝에서 다른 쪽 끝까지 돌아다니면서 말이다.

나는 미지의 바다, 증오의 바다로 잠수해 들어갔다. 바다 깊은 곳에 이르자 나는 두개관[22]으로부터 가장 강한 소리 — 딸깍거리는 소리 — 를 냈다. 그 소리가 얼마나 컸던지 물이 파르르 떨리고 물고기, 연체동물, 게

22 머리뼈 위쪽이 둥근 지붕처럼 생긴 부분으로, 머리덮개뼈라고도 한다.

는 물론 바다에 사는 모든 것들도 혼비백산해서 줄행랑을 쳤다. 나는 다시 보트에 탄 선원들을 공격했다.

수면 위로 모습을 드러내자마자 나를 향해 작살이 비 오듯 쏟아졌지만, 통증 따위에 신경 쓸 겨를이 없었다. 나는 보트를 하나씩 박살 냈다. 물에 빠진 선원들은 부서진 배의 잔해에 매달려 비명을 질렀지만, 나는 인정사정 봐주지 않았다. 그들은 울부짖으며 도와달라고 애원하고 살려 달라고 호소했지만 나는 아예 무시하고 단 한 명의 선원도 물 위에 떠 있지 못하게 했다. 어떤 이들은 꼬리로 있는 힘껏 후려갈겼고, 또 다른 이들은 물속에서 뼈가 바스러지는 느낌이 들 때까지 꽉 물었다. 허파에 공기와 분노를 가득 채운 다음, 나는 곧장 고래잡이배를 향해 돌진하기 위해 다시 빠르게 물속으로 들어갔다.

첫 번째 공격에서 나는 있는 힘을 다해 머리로 배를 들이받았다. 그 결과 선체에 커다란 구멍이 나면서 안으로 물이 쏟아져 들어갔다. 흘수선[23] 밑을 재차 들이받자 더 큰 구멍이 뚫렸다. 배가 한쪽으로 기울면서 여러

23 배가 잔잔한 물에 떠 있을 때 물에 잠기는 부분과 잠기지 않는 부분을 가르는 선.

명의 선원들이 바다로 떨어졌고, 반대쪽 뱃전에서는 마지막 남은 보트 한 척을 바다로 던졌다.

다시 한번 더 공격하자, 돛대가 기우뚱 기울어지면서 돛이 바다 위로 쓰러졌다. 마침내 배가 가라앉기 시작했다. 나는 다시 물속으로 들어간 뒤, 다른 배를 향해 수면 바로 아래를 헤엄쳐 갔다. 수면 위로 힘차게 솟구쳐 올라 공중에 뜨자, 내 몸에 박힌 작살이 밝은 달빛에 반짝거렸다. 배의 옆쪽으로 떨어지면서 갑판 위에 있는 인간들을 보았다.

그들은 나를 보고 두려움과 공포에 사로잡혀 서로 부둥켜안고 있었다. 갑판 위에 고래는 하나도 없었다. 다만 긴 백발에 뒤덮인 채 피를 흘리는 할머니 고래들의 헐벗은 육신만 있을 뿐이었다.

나는 침몰하기 직전인 배로 돌아왔다. 그러곤 아직 배를 붙잡고 있던 생존자들을 사납게 내리쳤다. 서서히 물속으로 가라앉던 배는 마침내 파도 사이로 완전히 자취를 감추어 버렸다.

선원들이 바다에 띄운 보트가 멀어져 가고 있었다. 인간들은 필사적으로 노를 젓고 있었다. 나는 그들이 가도록 그냥 내버려 두었다. 남은 배 한 척은 돛을 모두

활짝 펴고 반대 방향으로 달아나고 있었다.

나는 마지막으로 해안과 섬 사이의 물길을 따라 헤엄쳐 갔다. 해변에 모여 있는 라프켄체 사람들은 말없이 나를 바라보았다. 그들은 할머니 고래들이 죽은 자의 시신을 섬으로, 앞으로 꿈도 꾸지 못할 위대한 여행을 떠나기에 앞서 들르는 만남의 장소, 응길 첸마이웨로 데려가 달라고 청하기 위해 〈트렘풀카웨!〉라고 다시 외치지 않았다.

그래서 나는 등에 아홉 개의 작살이 꽂힌 채, 다른 고래잡이배를 찾으러 넓은 바다로 나갔다. 인간들이 무서워 벌벌 떨며 모차 딕이라고 부르는 위대한 달빛 향유고래인 나의 임무는 그들을 쫓아 바다에서 몰아내는 것이기 때문이었다.

나, 인간들을 계속 쫓아다녀야 할 저주받은 운명.

나, 더 이상 잃을 것이 없는 이들의 힘.

나, 바다의 가차 없는 정의.

14
바다가 말하다

세계의 남쪽에서는 많은 이야기들이 전해진다.

1820년 11월 20일, 칠레의 태평양 연안 모차섬 앞에서 거대한 하얀 향유고래가 고래잡이배 에섹스호를 공격해 침몰시켰다고 한다. 그 배는 15개월 전 북대서양 낸터킷[24]항에서 출항했다가 조난을 당한 것이다.

전해 오는 이야기에 의하면, 거대한 몸집의 하얀 향유고래가 에섹스호를 공격한 것은 선원들이 작살로 암컷 고래와 새끼 고래를 죽였기 때문이라고 한다.

모차 딕이라는 이름을 붙인 그 거대한 몸집의 하얀 향유고래를 잡기 위해서 여러 척의 배가 한꺼번에 달려들어야 했다는 이야기도 들린다. 에섹스호가 침몰하고

24 미국 매사추세츠주 코드곶에서 남쪽으로 50킬로미터 떨어진 곳에 있는 섬.

그 뒤 20년이 지나 죽음을 맞이한 순간, 26미터에 달하는 그의 몸에는 1백 개 이상의 작살이 박혀 있었다고 한다.

그리고 보름달이 뜨는 밤에는 사람이 살지 않는 모차 섬 서쪽 해안에서 달빛과 똑같은 거대한 하얀 향유고래가 바다에서 솟구쳐 오른다는 이야기도 전해지고 있다.

그렇다. 세계의 남쪽에서는 많은 이야기들이 전해지고 있다.

스페인 아스투리아스 칸타브리아해 앞에서
2018년 8월

옮긴이의 말
자유를 향한 대장정, 그 마지막 기록

『연애 소설 읽는 노인』으로 우리에게 친근한 칠레의 작가, 루이스 세풀베다가 2020년 4월 코로나 19 감염증으로 우리 곁을 떠나고 말았다. 한 손에는 펜을, 그리고 다른 한 손에는 무기를 들고 투쟁하던 루초,[25] 독자들과 함께 〈자유〉라는 이름의 이야기 공화국을 세우려고 애쓰던 우리 시대의 이야기꾼 루초가 한갓 미물인 바이러스에 의해 덧없이 스러지고 말았다. 하지만 그가 남긴 이야기는 영원히 우리 마음속을 굽이쳐 흐르는 강으로 변해 우리와 더불어 자유의 세계에 이르게 될 것이다. 지금 우리 앞에는 그가 마지막으로 남긴 『바다를 말하는 하얀 고래*Historia de una ballena blanca*』가 펼쳐져 있다.

25 친구들과 동지들은 그를 루초Lucho라는 이름으로 부르곤 했다.

*

『바다를 말하는 하얀 고래』는 파타고니아 앞바다에서 어느 한 고래가 벌인 생존과 자유를 위한 투쟁의 기록인 동시에 자연과 생명의 힘을 그린 한 편의 대서사시이다. 『귀향*Nombre de torero*』(1994), 『파타고니아 특급 열차*Patagonia Express*』(1995), 『지구 끝의 사람들*Mundo del fin del mundo*』(1996), 『역사의 끝까지*El fin de la historia*』(2017) 등에서 볼 수 있듯이 세풀베다에게 있어서 파타고니아는 단지 하나의 지리적 공간이 아니다. 그곳은 〈세상 끝의 세계〉, 즉 새로운 사물의 질서, 혹은 새로운 삶의 방식이 펼쳐지는 가능성의 공간이다. 따라서 『바다를 말하는 하얀 고래』는 멜빌의 『모비 딕』[26]과 정반대로 자연의 관점 — 고래의 눈 — 에서 바라본 인간 세계, 즉 〈배은망덕과 탐욕에 찌든〉 인간상을 그린 작품이다.[27] 그런 점에서 『바다를 말하는 하얀

26 『모비 딕』은 어린 시절 루이스 세풀베다가 가장 좋아하던 소설 중 하나다.

27 1980년대부터 루이스 세풀베다는 혁명을 새로운 관점, 즉 생태학적 관점에서 바라보기 시작한다. 특히 파타고니아를 무대로 한 소설은 모두 작가의 그린피스 활동 경험에서 비롯된 것으로 보인다.

고래』는 『모비 딕』이 끝나는 지점, 인간 중심의 질서가 붕괴되는 지점에서 새롭게 시작되는 이야기라고 볼 수 있다(이는 『파타고니아 특급 열차』에 나오는 판치토 바리아의 비극적 이야기와 『세상 끝의 세계』에 나오는 닐센 선장의 이야기에서 이미 어느 정도 예고되고 있다).

이 작품은 2014년 어느 여름, 작가가 칠레 남단 푸에르토몬트 해변에 떠밀려 온 향유고래의 사체를 보던 중, 슬픔의 눈물을 흘리던 **라프켄체**(〈바다의 사람들〉) 아이와의 만남으로 시작된다. 그 아이는 금조개 껍질을 주면서 그것을 귀에 대고 있으라고 한다. 아이의 말대로 하자, 〈어떤 목소리가 바다의 **옛날 언어**로〉 작가에게 이야기를 들려준다. 그 목소리의 주인공은 〈나, 달빛 향유고래〉로, 인간의 시간과 역사를 넘어서서 기억에 축적되어 있는 자연의 이야기를 전해 준다. 〈**고래의 기억이 인간에 관하여**〉 말하기 시작한 것이다. 고래들은 〈노래나 딸깍거리는 소리로 소통하지만, 무엇보다 눈을 많이 사용〉하는데, 그들의 눈동자에는 자기가 직접 보고 경험한 것은 물론, 다른 고래들, 그리고 무한 소급을 통해 먼 조상들이 본 것도 나타나기 때문이다. 이처럼 고래의 눈은 여러 층위의 시간들이 한데 어우러진 신비한

세계이자 집단 기억의 저장소이다. 그래서 〈나, 달빛 향유고래〉는 아직 젊지만 먼 옛날 〈인간이 처음 바다로 다가왔을 때부터 쭉 그를 관찰〉하고 인간 세계의 비밀을 점차 이해할 수 있었던 것이다.

고래의 기억에 의하면, 인간들이 처음부터 강했던 것은 아니다. 자신의 몸이 〈깊은 바다 밑을 알기에 적합하지 않지만 물에 뜨는 것을 이용해 거세게 몰아치는 파도와 싸울 수 있다는 사실을 알아〉낸 인간은 〈용기와 불굴의 의지〉로 허술한 배를 타고도 거친 파도에 맞설 수 있게 되었다. 〈불확실한 운명〉을 헤쳐 나가려고 노력하는 인간들의 모습을 보면서 고래는 놀라움과 감탄을 금하지 못했다. 어느 순간부터 인간들은 〈과감히 어둠을 가르고 망망대해로 나아가기 시작했고 더 이상 수평선을 무서워하지도 않〉게 되면서 커다란 배를 타고 바다의 거인인 고래들을 무자비하게 사냥하기 시작했다. 인간들은 어쩌다 자기를 해치지 않는 고래에게 그토록 큰 증오심과 적대감을 갖게 된 걸까? 우선 인간은 고래의 덩치를 보고 언제나 **두려움**을 느꼈다. 그리고 그것들을 차지할 수 없다는 생각에 막연한 **불안감**에 사로잡히기도 했다. 〈저렇게 커다란 동물을 **무엇에다 쓸까**?〉

물론 자기보다 훨씬 더 큰 덩치를 가진 존재에 대한 두려움과 불안감도 그 원인 중의 하나겠지만, 그보다 **쓸모**가 있었기 때문이었다. 인간들이 고래를 사냥한 것은 창자에 있는 기름과 용연향을 얻기 위해서였다.

> 그들은 우리가 무서워서 우리를 죽인 것이 아니다. 어둠을 두려워하는 인간들은 우리 고래의 몸속에 **빛**이 있다는 것을 발견했다. 그들은 **어둠에서 해방**되기 위해 우리를 죽이는 것이다.(51면)

얼마 지나지 않아 〈나, 달빛 향유고래〉가 사는 곳으로 〈낯선 인간들〉, 먼 곳에서 온 〈다른 인간들〉이 배를 타고 몰려오기 시작했다. 고래잡이배 선원들은 돈이 되는 거라면 뭐든 가리지 않고 끈질기게 추적해서 파괴하는 인간들의 전형이다. 〈인간들은 몸집이 작아도 무자비하기 짝이 없는 적들〉이다. 이처럼 탐욕에 눈이 멀어갈수록 **더 많은 것**을 원하는 인간들은 더 나아가 자신의 이익을 빼앗으려는 경쟁자들을 무참하게 파멸시킨다. 〈나, 달빛 향유고래〉는 인간들의 비열한 모습을 보고 씁쓸한 느낌을 감출 수 없었다.

작은 정어리도 다른 정어리를 공격하지 않는다. 느림보 거북이도 다른 거북이를 공격하지 않는다. 탐욕스러운 상어도 다른 상어를 공격하지 않는다. 아무리 생각해도 이 세상에서 자기와 비슷한 이들을 공격하는 종은 인간밖에 없는 것 같다.(36면~37면)

하지만 모차섬 너머의 어느 해안에 사는 **라프켄체**, 즉 〈바다의 사람들〉은 고래잡이배 선원들과 전혀 다른 인간들이다. **라프켄체** 사람들은 고래들과 마찬가지로 자연에 순리에 맞춰 다른 존재들과 조화롭게 살아간다.

그 사람들은 해변에서 필요한 양식을 얻고, 오래전부터 내려오는 의식에 따라 항상 아낌없이 베풀어 주는 바다에 고마움을 표한다. 먹을 것을 다 모으고 나면, 그들은 **레무**라고 불리는 근처 숲으로 가서 줄기와 나뭇가지를 잘라 가도 되는지 허락을 구한다. 그런 다음 그것들을 해변으로 가지고 가서 모닥불을 피우면, 춤추는 불빛을 따라 거친 바다도 반짝거린다. 우리 고래들과 돌고래들은 거기로 몰려가 수면 위로 솟구쳐 오르며 바다의 사람들에게 인사를 건넨다. 그러

면 사람들도 환호성을 지르며 우리에게 화답한다.

그러나 인간들이 모두 바다의 사람들 같지는 않다.

우리 고래들과 돌고래들은 저 먼 곳에서 온 다른 인간들이 갈수록 많아져서 걱정이라는 이야기를 자주 들었다. 허락을 구하지도, 그렇다고 나중에 고마움을 표하지도 않고 숲과 땅, 그리고 바다에서 자기들이 원하는 것을 제멋대로 가져가는 낯선 인간들 말이다.(52면)

그러던 어느 날, 〈나, 달빛 향유고래〉는 무리 중에서 가장 나이가 많은 할아버지 향유고래로부터 놀라운 사실을 듣게 된다. 할아버지 고래의 이야기에 의하면, 고래들은 모든 것을 파괴하는 배은망덕한 인간들을 피해 저 넓은 바다 속에서 숨어 살기 위해 수평서 너머로 먼 길을 떠날 계획이라고 한다. 그러고는 〈나, 달빛 향유고래〉에게 〈바다에 숨겨진 엄청난 비밀〉, 즉 까마득히 먼 옛날 고래들이 **라프켄체** 사람들과 바다에서 맺은 〈약속〉에 관해 이야기해 준다. 모차섬 — 그들의 언어로는 **응길 첸마이웨**로 〈재회의 장소〉라는 뜻이다 — 과 해안 사이의 바다에는 나이가 아주 많은 할머니 고래 넷이 살고 있는데, 태초부터 그곳에 살고 있었다고 한다. 낮 시

간 동안 그들은 네 명의 **라프켄체** 할머니로 살아가지만, 밤에 **라프켄체** 사람들이 죽은 이의 시신을 해변으로 데려가 양손에 반짝이는 조약돌 다섯 개씩을 쥐여 주면 죽은 이의 영혼을 태우고 섬으로 데려다준다. 모차섬에 도착하면 〈게가 딱딱한 껍질을 벗어 던지듯 죽은 이도 육신에서 벗어나 공기처럼 가벼워지〉면서, 〈먼저 죽은 조상들 옆에서 기다리게〉 된다(모차섬이 〈재회의 장소〉라는 이름으로 불리게 된 것도 바로 그 때문이다). 할머니 고래들은 〈이 세상 처음이자 마지막으로 남은 유일한 **트렘풀카웨** 고래들〉이다. 언젠가 마지막 남은 **라프켄체** 사람이 죽으면 **트렘풀카웨**를 타고 모차섬으로 가면, 거기서 〈그의 혈통에 속한 모든 이들이 그 섬에서 다시 만나게 될〉 것이다. 영혼들은 모두 공기처럼 가볍기 때문에, 할머니 고래의 등에 올라타고 나머지 고래들과 함께 수평선 너머로 먼 길을 떠나게 될 것이다. 결국 고래뿐 아니라, 자연의 모든 생명체들의 미래는 〈나, 달빛 향유고래〉의 어깨에 달려 있는 셈이다. 〈순수한 바다〉에 이르기 위한 기다림.

아직 젊은 달빛 향유고래인 네가 앞으로 해야 될 일

은 모차섬과 육지 사이의 바다에 살면서 할머니 고래넷을 보살피는 거란다. 그러는 동안 우리는 저 넓은 바다로 마지막 여행을 떠나게 될 날을 **기다리겠지.**(62면)

〈나, 달빛 향유고래〉는 할머니 고래들을 지키기 위해 낯선 인간들, 침략자들에 맞서 용감하게 싸웠다. 그들이 타고 온 배를 들이받아 침몰시키기도 하고, 바다에 떨어진 선원들을 꼬리로 사정없이 내려치거나 이빨로 물기도 했다. 그런 이유로 인간들은 그에게 〈모차 딕 Mocha Dick〉이라고 부르곤 했다. 그는 결국 증오심의 표적이 되고 말았다. 사방에서 위험이 닥쳐왔지만, 그는 피하지 않고 싸웠다. 그러던 어느 날, 할머니 고래가 **라프켄체** 사람의 시신을 등에 태우고 모차섬으로 향하던 도중, 여러 척의 고래잡이배로부터 공격을 받게 되었다. 하지만 그들의 힘을 이기지 못하고, 할머니 고래는 모두 선원들의 작살에 희생을 당하고 말았다. **라프켄체** 사람들은 할머니 고래들이 죽은 자의 시신을 섬으로, 앞으로 꿈도 꾸지 못할 위대한 여행을 떠나기에 앞서 들르는 만남의 장소, **응길 첸마이웨**로 데려가 달라고 청하기 위해 〈**트렘풀카웨!**〉라고 다시 외치지 않았다. 그럼

에도 불구하고 〈나, 달빛 향유고래〉, 〈모차 딕〉은 등에 아홉 개의 작살이 꽂힌 채, 인간들을 쫓아 바다에서 몰아내기 위해 다른 고래잡이배를 찾으러 넓은 바다로 나가며 속으로 되뇐다.

나, 인간들을 계속 쫓아다녀야 할 저주받은 운명.
나, 더 이상 잃을 것이 없는 이들의 힘.
나, 바다의 가차 없는 정의.(116면)

그렇다면 고래들이 **라프켄체** 사람들을 따라가고자 하는 수평선 너머의 세계, 고래잡이배들이 없는 〈가장 순수한 바다〉는 어떤 곳일까? 그곳은 죽음과 삶을 가르는 치졸한 경계선 없이 짜릿한 모험으로 가득 찬 곳, 죽음과 삶이, 그리고 — 고래의 눈동자처럼 — 과거와 현재가 한데 어우러지며 부단히 새로운 것을 창조해 내는 세계다. 그곳의 모든 존재들은 무한히 돌고 도는 시간, 〈불가사의한 시간〉, 즉 자연의 리듬에 따라 — 경쟁하되 — 조화롭게 살아간다. 작가 자신의 말처럼, 그곳은 자연이 우리를 이끄는 곳, 그리고 참된 질서, 〈국가가 강요하는 것이 아니라 인간들 사이의 우정에 기초한 자연적 질서

가 자리 잡은 세계〉[28]다. 이러한 세계에서 과거는 고여 있기는커녕, 아직 도래하지 않은 세계에 대한 열정을 바탕으로 미래를 향해 미끄러져 나아간다. 세풀베다에게 있어서 과거는 새로운 사물의 질서, 혹은 새로운 삶의 방식을 구성하는 근원이기 때문에, 미래는 과거와 현재가 뒤섞인 덩어리 속에 이미 존재하고 있다.[29]

꿈속에 나타난 장소는 우리 고래들이 모두 라프켄체 사람들을 따라가게 될 바로 그곳이었다. 해님의 보금자리를 둘러싼 바다는 언제나 투명할 정도로 맑고 고요했다. 오징어들이 새까맣게 떼를 지어 몰려다니는 데다, 거센 파도도 일지 않아 짝짓기하기에 안성맞춤인 듯 보였다. 게다가 주변에 어떤 위협도 없어서 참고래, 향유고래, 그리고 남방긴수염고래가 아주 작은 밍크고래 옆에서 자신의 웅장한 몸을 한껏 과시하기에 딱 좋았다. 그리고 바다에는 작은 생물체

28 Luis Sepulveda, *Patagonia express. Apuntes de viaje*(1995), (Barcelona: Tusquets, 2019), p. 221. 같은 책에서 작가는 〈사회 계약〉을 〈인간의 적들이 자행한 비열한 행위〉로 규정한다. p. 177.

29 작가가 대부분의 소설(특히 『우리였던 그림자』나 『역사의 끝까지』)에서 자신의 과거 경험, 과거의 〈그림자〉를 그토록 집요하게 파고든 것도 이런 이유 때문인지도 모른다.

들이 풍부해서 대왕고래와 혹등고래, 그리고 모든 종류의 수염고래들이 살기에 이보다 더 좋은 곳은 없을 것 같았다. 고래들이 입만 벌리고 있으면 엄청난 양의 물이 안으로 쏟아져 들어오는데, 물을 다시 뱉어 낼 때 수염이 맛있는 크릴새우만 걸러 내 목구멍에 남겨 주기 때문이다. 등이 은빛인 돌고래와 일각돌고래는 바다 밑 모래 속에 숨어 사는 넙치를 차지하기 위해 서로 경쟁을 벌였지만, 볼썽사납게 싸우지는 않았다.(76면~77면)

세풀베다가 꿈꾸는 수평선 너머의 세계는 구체적으로 어떤 곳일까? 그것은 그의 문학 세계 전반을 관류하는 주제, 즉 〈자유〉가 거대한 물길처럼 흐르는 세계가 아닐까? 자유란 〈최고의 가치〉인 동시에, 〈가장 순수하고 이상적인 것〉이고, 〈그런 자유를 얻기 위해 투쟁할 때 비로소 우리 인간은 자유로워질 수〉[30] 있기 때문이다. 우리가 투쟁을 통해 비로소 자유로운 인간이 될 수 있는 것과 마찬가지로, 생동하는 실체로서의 미래 또한 실천을 통해 끊임없이 새로운 모습으로 우리의 눈앞에

30 루이스 세풀베다, 『우리였던 그림자』, 엄지영 옮김, 열린책들, 227면.

나타날 — 비록 그것이 일시적이라 나타났다 사라진다 할지라도 — 것이다. 따라서 자유는 미래의 다른 이름이다. 돈과 탐욕으로 인해 〈좌절과 패배의 거대한 파도〉[31]가 우리를 덮치고 있는 지금, 세풀베다의 노호가 쩌렁쩌렁 울려 퍼지는 듯하다.

내 경우엔 내가 자유로운 인간이라는 점을 **잊지 않기 위해** 투쟁하는 거요.[32]

2025년 1월
엄지영

31 같은 책, 188면.
32 같은 책, 159면.

옮긴이 **엄지영** 한국외국어대학교 스페인어과를 졸업하고, 동 대학교 대학원과 스페인 마드리드 콤플루텐세 대학교 대학원에서 라틴아메리카 소설을 공부했다. 옮긴 책으로는 루이스 세풀베다의 『역사의 끝까지』, 『자신의 이름을 지킨 개 이야기』, 『느림의 중요성을 깨달은 달팽이』, 『생쥐와 친구가 된 고양이』, 『길 끝에서 만난 이야기』, 『우리였던 그림자』, 그 외 공살루 M. 타바리스의 『작가들이 사는 동네』, 『예루살렘』, 로베르트 아를트의 『7인의 미치광이』, 페데리코 가르시아 로르카의 『인상과 풍경』, 리카르도 피글리아의 『인공호흡』, 마세도니오 페르난데스의 『계속되는 무』, 돌로레스 레돈도의 『테베의 태양』 등이 있다.

바다를 말하는 하얀 고래

발행일 **2025년 1월 10일 초판 1쇄**
2025년 2월 10일 초판 2쇄

지은이 **루이스 세풀베다**
옮긴이 **엄지영**
발행인 **홍예빈**
발행처 **주식회사 열린책들**

경기도 파주시 문발로 253 파주출판도시
전화 **031-955-4000** 팩스 **031-955-4004**
홈페이지 **www.openbooks.co.kr** 이메일 **literature@openbooks.co.kr**

ISBN 978-89-329-2486-1 03870

KB184979